新 潮 文 庫

人 生 激 場

三浦しをん著

新 潮 社 版

7995

人生激場　目次

三幕　それぞれの熱中時代

四幕　楽園に吹くロマンの風

五幕　火種は身近に転がっている

六幕　せちがらい年明け

終幕　つつがなく幕は下り

カーテンコール

楽屋裏

挿画　佐藤三千彦

Originally published 2003 in Japan by Shinchosha
This edition is published 2006 in Japan by Shinchosha
with direct arrangement by Boiled Eggs Ltd.

人生激場

前口上（ハードボイルド風味）

以前はよく考えたものだ。手っ取り早く大金持ちになるにはどうしたらいいのか、と。

宝くじを買うのは、絶対にいやだ。数百円の紙切れを買って、あとは漠然と天に祈っていたら三億円が転がりこむなんて、ロマンもへったくれもない。ビールを飲みすぎたら小便が大量に出た、というぐらいわかりやすすぎる結末だ。それじゃあつまらない。

では、週刊で発行される少年漫画雑誌の売れっ子になるべく、漫画を描く練習をするというのはどうか。売れっ子漫画家にさえなってしまえば、宝くじの一等が当たって得られる金額程度、あっという間に稼げる。チビッコを喜ばせつつ、自分も大金を稼げるとは、売れっ子漫画家ってなんて素晴らしい職業なんだ……！

私は自分の思いつきに賞賛の拍手を送りながら、それまで以上に漫画を読むことに熱中したものだ。なに？　漫画を描く練習はしなくていいのか、って？　急《せ》いては事をしそんじる。まずは五十年ばかりじっくりと漫画を読みこんでから、実作に着手するべきなのだ。私は焦《あせ》らなかった。「そのうち練習するよ、そのうち、ね」。毎日毎日、寝っころがって漫画を読んで暮らした。

だが去年一年間で私は、己れの浅はかな考えが、温かい紅茶に投じた角砂糖のごとく脆《もろ》いものだと思い知らされた。週刊の少年漫画雑誌で売れっ子になる？　そんなことは圧倒的に決定的に明白に無理だ。なぜなら、週刊誌連載って無茶苦茶大変だからだ。

今日、なんとか締め切りに原稿をすべりこませたと思ったら、翌々日ぐらいには校正（雑誌の体裁どおりに組まれた原稿を見直す作業）。そのまた翌々日ぐらいにはもう次の締め切り。私は字を書くだけだからまだよかったが、漫画家となったら、下絵を描いてペン入れしてトーンを貼《は》って、という根気のいる作業を一週間単位で仕上げなきゃならない。そんな神業《かみわざ》が私にできるわけがない。お茶を飲みながら漫画を読むのがなによりも幸せ、というようなダラけた人間には、漫画家になることなど所詮《しょせん》は不可能なのだ。

自分で週刊誌連載をやってみた結果、私は少年漫画で一旗揚げるという夢物語を丸めて燃やし、灰はカスピ海に撒《ま》いた。アディオス、アミーゴ。生まれ変わることがあったら、また会おう。

(注) この本は、「週刊新潮」に連載されたものに、書き下ろしを加えたエッセイ集です。お気軽にお楽しみいただければ幸いです。では、はじまりはじまり〜。

(文庫版の注) この本は、それをさらに文庫化したものです。携帯するのに便利だ! 近年ますます勤労意欲低下の傾向にあるので、文庫書き下ろし部分は少ない。でも、携帯するのに便利だ! 単行本をお持ちの方も、文庫版でもぜひお楽しみください。では、本当にはじまりはじまり〜。

序幕　こうして舞台ははじまった

銀玉はどこへ行った

先日ばっさりと髪を切ったら、人から「三歳は若く見える」と言われ、身も心も軽くなって我が世の春を謳歌《おうか》している。まあ、三歳も若く見えるってことは、私ったら十八歳に見えちゃうわけ? ルンルン。今、さりげなく年をさばよんでみたのだが、お気づきになられただろうか。やはり戦国武将たるもの(?)、己れの死を三年は押し隠し、年齢は常に詐称《さしょう》するべし。

これから、日常のあれこれを気の向くままに綴《つづ》ろうと思うので、散髪、通勤、銀行での待ち時間、などのお供に、気軽に読んでいただければ幸いです。しかし「日常のあれこれ」と言ったって、日々の暮らしにそうあれこれ劇的なことが起こるはずもない。ネタの枯渇に喘《あえ》ぎそうな予感が濃厚に漂っているが、見切り発車は大得意ですたい!

さて、私が最近気になっているのは、「仁丹《じんたん》を食べるオッサンはどこに行っちゃったんだろう」ということである。

一昔前までは、電車に乗れば必ず、ポケットから小さなケースを取りだして、ざらざらと仁丹を食べるオッサンを見ることができた。車内に漂う苦みばしった仁丹のかほり。ところが近ごろでは、そんな場面にとんと遭遇しない。

オッサンたちは、仁丹のかわりに何を食べているのだろうか？　まさかフリスクか？　念のために説明すると、フリスクとはマッチ箱ぐらいのプラスチックケースに入っている白い錠剤で、噛《か》み砕くとお口の中に清涼感が広がる、というものだ。これが登場した当初私は、「なんだなんだ、オシャレに装《よそお》っているが、つまりは仁丹じゃないのさ」と思っていた。それなのに、今では若者たちが愛好していて、ポケットからケースを出してはざらざらとフリスクを食べている。

「若いくせにエセ仁丹なんざ噛みやがって。そんなまっちろいものを食うぐらいなら、銀色の玉をバリバリ噛み砕けってんだ、コンコンチキめ」と、私は将軍マークの仁丹を懐《なつ》かしむのである。

オッサンたちは、どうして仁丹を食べなくなってしまったのだろうか？　若者たちが電車の中でフリスクを食べるのを盗み見しつつ、「ああ、あっちの方がオシャレだ。でもどこで売ってるんだろう……」などと気後れし、仁丹を手放してしまったのだろうか？
仁丹。それは正露丸と同じく、一度嗅《か》いだら忘れられないにおいをしている。ゲートボールから上機嫌で帰ってきたじいちゃんが、「おう、今日は敵の玉ァ、ガツッと場外に弾《はじ》き出してやった」と言った時のにおい。踏切待ちをしている時、ペッと唾《つば》を吐き出した掌《てのひら》の上で煙草《たばこ》を消してみせ、「あわわ」と私をたじろがせた見知らぬオッサンから漂っていたにおい。

こうして書いているだけで、なにで出来ているのか成分を推測することが困難な、なつかしい仁丹独特の臭気が鼻先によみがえる。もう一度、「この満員電車の中で、仁丹を食ったのはどこのどいつだ！」と乗り合わせていた人々がみんな思う、というあの連帯感を味わいたいものだ。その、「仁丹を食べている」ということが明白に周囲の人にわかってしまうほどのアクの強さが、フリスクに王者の座を奪われた原因であろうか……。

沢渡《さわたり》部長（営業畑で勤続二十五年）は、ごくりと喉《のど》を鳴らした。家人の寝静まった深夜の書斎。

部長は額にじっとりと浮いた汗を拭《ぬぐ》う。着替えるのも忘れていた自分に気づき、ようやくネクタイを外し、背広の上下を脱ぎ捨てて部屋の隅に放った。背広の内ポケットからフリスクのケースが畳に転がり落ちたが、部長はそれに見向きもしない。端座した仮の前にある机には、月光を弾く銀の粒々が転がっている。部長が一時間かけて、寸分の乱れもなく並べた五粒の仁丹だった。

「今夜もおまえたちは綺麗《きれい》だよ」

下着姿の部長は、机に頬を寄せてそう囁《ささや》いたかと思うと、唇をとがらせてツルッツルッと銀色の玉を吸い込んだ。昼は時流に逆らえずフリスクを持ち歩く沢渡部長の、夜《よ》毎《ごと》のひそかな楽しみ。

そんな情景を夢想する私の脳裏に、「花はどこへ行った」の哀愁のメロディーが響くのだった。

思い出ホロホロ

掲載誌が「週刊新潮」（たぶん購読層は中年男性が中心）ということで、初回のネタは「仁丹」にしてみた。私ったら気配りの達人じゃなかろうか、と悦に入ったのもつかの間、さっそく、「中年男性と自分との間の深い溝に気づかされる。第一回目を読んだ父が、「フリスクってなんだ?」と聞いてきたのだ。

文中で説明しておろうが! それを読んでも、どんな物体なのか具体的に思い浮かばないのか! もういいから、あんたは仁丹食ってろ……と、深く脱力する。

思い出ボロボロ

文庫版で新たにつけ加える後日談を、「思い出ボロボロ」と称することにいま決めた。

さて、仁丹の「将軍マーク」だが、これは正式には「大礼服マーク」であることが、校閲の指摘により判明した。誤まったことを書いてすみません! しかし大礼服と言われても、あまりピンとこないなあ。

そう思って森下仁丹のホームページを覗《のぞ》いてみたら、「大礼服を知らない若い世代」には、「『闘牛士スタイル』として親しまれている」旨《むね》が記されていた。闘牛士には微妙に見えない風貌《ふうぼう》のキャラクターのような気がするが、服装的には「なるほど」とうなずけなくもない。

私は、「大礼服を実際に見たことはないが、闘牛士説を全面的には肯定しかねる世代」のようだ。

アリバイがない！

以前働いていた店に、先日賊《ぞく》が侵入したという話を聞いた。賊は夜陰にまぎれて窓から侵入し、事務所にあった売上金やら店員の給料やらおつり用の小銭やらを、なんと金庫ごと盗み出した。そんなことをする度胸と体力があるならば、まっとうに働いても一旗揚げられるのではないかと思うのだが、賊はそうは考えなかったらしい。大胆不敵な犯行のせいで、日々堅実に働いていた店員たちの給料は闇《やみ》に消えてしまった。

「なんかもう笑うしかないよ、ハハハ」と、かつての同僚たちは力なく語る。夜の間の犯行で、従業員にも客にも肉体的な被害がなかったのが不幸中の幸いだ。これが押し込み強盗で死傷者とか出てしまったら、シャレにならない。

朝になって被害が発覚し、警察官たちが駆けつけた。

「鑑識が来たんだよ、鑑識が！　指紋とか足跡とか採っていったよ！」

「へえ、鑑識！　そりゃあ本格的ですね。ドラマみたいだ」

　非常事態であることを忘れ、少し浮かれてしまう。警察は、従業員の指紋まで採取していったそうだ。

「もうこれで、日本のどこにも俺の逃げ場はないんだな、と覚悟を決めたさ」

「そういうときに指紋採取を拒否したら、濃厚な疑いをかけられてしまうんでしょう。応じるしかない場面で指紋を求めるとは、官憲は汚いや」

「いや、俺たちも捜査のあいだじゅう、手持ちぶさただったから、『犯人はこの中にいる！』とか『謎《なぞ》はすべて解けた！』とか言って遊んでたけどね」

　給料まで盗まれたんじゃあ、ごっこ遊びでもして気を紛らわせるしかない。しかし家に帰ってよく考えてみて、私はハタと気がついた。

　侵入しやすい経路を知っていたことといい、計画的な手際《てぎわ》のよさといい、もしかして警察は内部の者の犯行を疑うのでは？

　こりゃいかん。元従業員である私の所にも、警察が聞き込みに来るかもしれないではないか。私は急いで、犯行がおこなわれた日の手帳を確かめた。……やっぱり！　やっぱり白紙だよ。その日に何をしていたのか、さっぱり思い出せない。

　家に籠《こ》もっていたと思うが、家族は証言してくれるだろうか。というか、推理小説によると、家族の証言はアリバイとして認められないんじゃなかったっけ。しかも賊は夜に侵入したのだ。私はいつも夜中までゴソゴソと活動しているから、家族までが、「さあ、夜中にフラフラ出かけたりしないともかぎりませんね」と証言することもありえる。どうしよう。

とりあえずいつ警官が来てもいいように、パジャマから部屋着に着替えておくことにした。部屋も綺麗に掃除しておいたほうがいいかしら。警官に踏み込んでこられて連行されるときに、あんまり部屋が汚いと恥ずかしいし。積み上げられた漫画の山を整理しはじめて、また「いかんいかん」と気がつく。

こんなにタイミングよく身辺整理をしてしまっては、「私が犯人です」と言ったも同じではないか。普段どおりに生活していなくては。

「おまえがやったんだろう」と言われると、やっていなくてもやった気になってしまう流されやすい性格が恐ろしい。大丈夫かな。厳しい取り調べを耐え抜き、容疑を否認することができるのだろうか。

不安になって部屋の中をうろつく。だいたい、○月○日に何をしていましたか、と聞かれてちゃんと答えられる人はどれぐらいいるのだろう。一昨日の夕飯だって、なかなか覚えていられないものなのに。

新聞などに犯人の似顔絵が載るたびに、「咄嗟《とっさ》のうちに、よく人の顔を覚えられるものだなあ」といつも感心していたのだが、まさか身の潔白を証《あか》すために、自分のアリバイに頭を悩ませる日が来ようとは思いもしなかった。こうやってこの事件について書くことすら、偽装工作と勘ぐられるかもしれない。パソコンを打つ手も震えがちである。

こうして、事件から数日たった今日という日も暮れてきたが、未《いま》だに警察のみなさんは姿を現さない。もう、パジャマに着替えちゃうぞー。

思い出ホロホロ

この犯人はまだ捕まっていない。たぶん永遠に捕まらないだろう。付近には大きなマンションがいくつもあるのだが、夜にベランダからぼんやりと外を眺めるような人はおらず、目撃者がゼロだったことが敗因らしい。

ところで、私の元同僚にはなぜだか美大出身者が多いのだが、一緒に働いていて驚いたことがあった。みんな、お客さんの服装（色・柄）をものすごくよく覚えているのだ。「昼前に来た、茶色地に黒いチューリップ模様のシャツの人さあ」とか、「あの青いネルシャツの人、このあいだは色違いのピンクのネルシャツ着てたよね」といった具合に。私はそのたびに、「さすが美に携《たずさ》わる人は、色彩の記憶力が並ではない」と感心したものだ。犯行が彼女たちの勤務時間内だったら、ものすごく詳細な目撃証言を取れたことだろう。

私はといえば、見る夢も白黒、自分が今日なにを着ているのかすらおぼつかない。しかし実は、色彩検定二級保持者である。残念ながら、この資格をなにかに役立てられたことはない。たぶん永遠に役立たないままだろう。

鉄の箸《はし》じゃないといい

白鳥の首は茶色い。

駿府《すんぷ》城の堀ばたを歩いていて、その事実に気がついた。

いつも熱心に羽づくろいをしている白鳥たち。風を通すためなのか、真っ白な翼を常に胴体からやや浮かしているほど、身なりに気を使っている彼ら。それなのに、長い首の部分は茶色く薄汚れたままなのだ。

私はしばしその場にたたずみ、沈思《ちんし》黙考《もっこう》した。

白鳥というのは、生まれつき首が茶色い生き物なのか？　いやそうではあるまい。彼らは全身真っ白なはずである。それなのに首のみが茶色い理由はただ一つ。身だしなみを整えようとしても、彼らのくちばしが自身の首には届かないから、だ。己れの右手を右手で摑《つか》むことができないように、白鳥も自分の優雅な長い首を自分で綺麗《きれい》にすることができないのだ。

あんなに身なりに気を使っている鳥なのに。そして誇らしげに白い体を水に浮かべているくせに。灯台もと暗しとはこのことだ。以前から白鳥があんまり好きではなかった私は、「おまえの母ちゃんデベソ！」という勢いで彼らをせせら笑った。「やーい、気づいてないようだが、あんたらの首は茶色いぞー！」と。

いったい彼らはお互いの姿を見て、「あれ、こいつ首だけ茶色いぞ」と思ったりはしないのだろうか。「てことはもしかして俺も首だけ茶色いのか？」と気づけないのが畜生の哀《かな》しさなのか。

私は堀ばたに座り、白鳥たちに仏法の教え（？）を説いた。

「こういうたとえ話を知っているかね。飢えた罪人たちが地獄で大きな円卓に座らせられるのさ。円卓にはご馳走《ちそう》がいっぱい並んでいる。ところが罪人たちに渡されたのは、ものすごく長い箸だった。あまりにも箸が長いから、目の前のご馳走を箸でつまんでも、それをうまく自分の口まで運べない。腹はますます減ってくる。さあ、どうしたらご馳走を食べることができる？」

このたとえ話には苦い思い出がある。以前に、「手づかみで食べるか、箸を適度な長さに折る」と答えて、見事に「自己中心主義者」の烙印《らくいん》を押されてしまった私なのだ。

白鳥たちは我関せずとばかりに、優雅に羽づくろいを続行している。私はめげずに教えを説き続けた。

「長い箸でもって、自分の向かいに座っている人に食べさせてやるのだよ。そうすれば、今度は向かいの人がこちらの口に食べ物を運んでくれるだろう。どうだね、君たちにピッタリのたとえ話だろう！　お互いにお互いの首を綺麗にしてあげなさい。汚れてるぞ」

しかし白鳥たちはありがたい教えに耳を傾けようとしない。「なんだよ、餌《えさ》はくれないのかよ」と、それればかりが気になる様子。

私はすっく、と立ち上がった。

「ほおら、ごらん。仏《ほとけ》め！　私は前々からこのたとえ話はおかしいと思ってたのよ。地獄に落ちるような人間に、長い箸を使って向かいの席の人に食べさせてあげるような機転がきくと思うか？　そんな善意の人は、とっくに極楽に行ってるはずだろう。だいたい、私ばっかり向かいの人に食べさせてあげて、向かいの人が私にちっとも食べさせてくれなかったらどうするのだ。私だけが飢えたままじゃないか。地獄でまで人を試すような真似《まね》をするな！　手づかみ&箸折りも正解と認めやがれー！」

咆哮《ほうこう》がむなしく堀ばたに響く。白鳥たちは遠巻きに私を見ている。ちょっと咳払《せきばら》いして、また優しく白鳥に語りかけるわたくし。

「まあ、仏のことは置いておくとして。ね、君たち。ちょっとこっちに来なさい。その首を洗ってあげるよ」

首がどこまでしなるものなのか確かめてみたかったのよね〜、という不穏な気配に気づいたのか、パンくずをちらつかせても白鳥たちは近づいてくる素振りなし。相も変わらず、それぞれが自分の羽づくろいに夢中になっている。

嫌な鳥だとずっと思ってきたけれど、なんだか親近感が湧《わ》いてきたなあ。いつまでも首が茶色いままの君でいて。そして共に地獄の円卓についたとき、鬼たちの目の前でバキリと箸を折ってやろうではないの。

遅々たる進歩に歯噛《はが》みする

料理というのはフヌゥ、なんともむなしいものだヌオオ。一時間かけて作ったとしてもキエエ、食べるのはたったの五分オリャア！　パッカン！

私は今、スパゲティーを作っている。最後の仕上げにトマトソースにツナを入れようと、缶詰を相手に悪戦苦闘していたのだが、ふぃー、やっと開いたぞ。

俗に「パッカン」といわれる代物《しろもの》。缶詰にプルトップがついていて、缶切り不要ですぐ開けられます、というのが売り文句だが、こいつをあっさりと開けられたためしがない。缶ジュースのプルトップの百倍ぐらい、硬くて開けにくいのだ。これなら缶切りを使った方がずっといいのでは？　と思われるほどの頑固な硬さ。

世の老人のみなさんは、このパッカンをどう扱っているのだろう。「缶切り不要」という言葉にだまされたせいで家に缶切りがなく、開けられない缶詰をガジガジとかじりながら餓死していく独居老人がいるのではないかと懸念《けねん》される。

こういう、「便利なようでいて、開発が万全でないために実は不便」な商品にブチ当たるたびに、私は怒りに震える。人類は（と、いきなり話が大きくなる）、ロケットを飛ばして宇宙に行っている場合なのか？　身近な缶詰ひとつとっても、まだまだ研究の余地はありそうではないか。

もう一つ、「宇宙ステーション建設よりも先になんとかしてほしいこと」は、部屋の照明器具の取り替えにくさだ。照明は当然、天井についている。それなのに無茶苦茶重いフードがついていて、中の蛍光灯を替えようとするたびに、私は命の危険を感じる。

フードをはずすために両手がふさがった状態で、グラグラする椅子《いす》の上に踏んばっていると、この世にこれだけ過酷な重量挙げがあるだろうか、という悲痛な気持ちになってくる。私は記録に挑戦したいわけじゃないんだ。ただ部屋の電気を替えたいだけなんだ。それなのにどうして、一年の間にため込まれたフード一杯の羽虫の死骸《しがい》を頭からかぶらねばならんのか。

ようやくのことでフードを床に下ろし、いざ蛍光灯を交換しようとしても、これがまた非常にやりにくい。こっちがはまったと思ったらあっちがはまらず。白くて長い棒を、必死に頭上で操る。腕がだるくなり、目にゴミが五百粒ぐらい入るまで奮闘しなければ、燦然《さんぜん》と輝く明るい光は手に入らない。

一応まだ体力もあって、背中なんて男と見まごうばかりに広くたくましい私ですら、こんなに苦労するのだ。老人たちにとって照明器具交換は、やりたくもない葡萄《ぶどう》狩りを三昼夜連続で強いられるのと同じぐらいの苦行だろう。心底同情してしまう。

これだけ科学が発達しているのだから、簡単に取り替えられる蛍光灯がもっと普及してもよさそうなものだ。電球を替えるときは手頃な高さまで天井からスルスルと下りてくる照明器具とか。ついでに虫対策にも気を配ってほしい。

おや、憤《いきどお》っているうちに、トマトソースがいい具合に煮立ったわ。どれどれ味見を……うーん、まずい。ホールトマトがなかったから、生のトマトを手で握りつぶして入れたのだが、なんだかすっぱくなってしまった。しょうがないから少し砂糖を入れてみよう。……うーん、まずさに磨きがかかってきた。どうしたものか。

しばらく塩と砂糖を交互につぎこんでみたのだが、もうどうしようもないので諦《あきら》めることにした。私の夕食がまずくなったのは、缶詰会社のせいでも照明器具会社のせいでもないのが明白なので、今度は誰にも文句を言わずに粛々《しゅくしゅく》とスパゲティーを咀嚼《そしゃく》する。

個人的にはロケットよりも、おいしい家庭料理を作ってくれる安価な調理ロボットの開発が望まれる。だがこの望みが果たされないうちに、私は独居老人になってしまうのだろう。星間旅行の盛んな宇宙時代に、私は一人で照明器具の交換に奮闘し、開かない缶詰に歯形をつけ、まずい飯を食うのだ。今から泣けてくる。

料理に関するただ一つの救いは、一時間かけてまずい物ができちゃったとしても、それを味わうのは五分ですむというところだ。

思い出ホロホロ

しかし懲《こ》りもせず、先日イタリア料理の本を買った。料理本を買う瞬間が一番楽しくて幸せだ。いざ作りはじめると、過程も結果もちっとも楽しくない。だからまだ、一品も作っていない。写真を眺めるに留めている。私はたいがい、買った料理本を一年ぐらいのあいだ飽きもせず繰り返し眺める。そしてようやく、「これを作ってみよう」と調理に取りかかるのだが、ことごとく失敗する。一年に及ぶイメージトレーニングはいったいなんだったのか。たぶん私は、味に対する想像力に欠けているのだ。想像力の欠落とは、すなわちセンスの欠落に等しい。

ところで、日常生活で開発が望まれるものとして、「もっと便利な洗濯物干し機」がある。洗濯ばさみのついた輪っか（毎日使っている物なのに、商品名がわからない）。あれはもうちょっとなんとかならないか。日光に当たるものだから、プラスチックの洗濯ばさみがすぐボロボロになっちゃうし、なにより、いちいち洗濯物をぶら下げていくのがすごく面倒くさい（パンツはタオルの陰に隠れるように内側に、とか、干したときに色合いが美しくなるように、とか、いろいろ考えて干さなければならないし）。

たとえば、あの輪っかを鉄で作り、洗剤に特殊な砂鉄を混ぜる、というのはどうだろう。砂鉄成分の付着した洗濯物は、輪っかに近づけるだけでピンとぶら下がるのだ。布が乾くに従って、砂鉄成分もはらはらと剝落《はくらく》していく。輪っかの下に籠《かご》を置いておけば、午後には乾いて磁力を失った洗濯物がたまっている、というわけ。ついでにその洗濯物が、自動的に畳まれた状態で籠の中に落ちてくれれば、さらに言うことなしだ。なんだかもう、商品開発というよりは、魔法の領域の話のような気もするけれど。

他に欲しいのは、お風呂《ふろ》で体を洗ってくれる機械。これは充分実現可能だと思う。ガソリンスタンドにある洗車機の人体版を作ればいいのだから。皿洗い機も電動歯ブラシもあるのに（どっちも私は持っていないが）、どうして介護の現場でも需要の高そうな「自動全身洗い機」が作られないのか、不思議でたまらない。

思い出ボロボロ

最近、欲しくてたまらないのが、「自動ゴミ分別機」だ。

ゴミの分別方法が細かくなって、面倒でたまらない。生ゴミと紙ゴミ、燃やせないゴミとリサイクルゴミなど、即座に識別して袋詰めしてくれる機械の開発が望まれる。ついでに、ゴミ置き場まで持っていってくれるといいのになあ。

こんなことを夢想するだけあって、私の部屋には出しそびれたゴミが溜まっていく。そろそろ空きペットボトルでできた家を作れそうだ。

リアリズムの追求

宇多田ヒカルの「光」のプロモーションビデオが気になってしかたない。

歌に合わせてヒカルちゃんが皿を洗っているのだが……たぶんあのプロモを見た人は、みんなここにツッコミを入れていることだろう。

ヒッキー！　皿の裏は洗わないのかい？

でもヒカルちゃんが悪いのではない。あのプロモを作った監督が悪いのだ（たぶん）。

尺が合わないのなら皿の枚数を減らして、そのぶん裏まできっちりと洗うように演技指導するべきではなかろうか。「あああ、裏は洗わないのかしら？」と、そればかりが気になってしまって、肝心の曲がどんなだったか、いつもわからないままになってしまう。

こんなことを考えていると思い出すのが、かつて聞いたS君の話だ。

S君は彼女を部屋に連れ込んだ時に、自分が手と顔を洗い、うがいをしているというのに、そのあいだ彼女がボーッとベッドに座って待っているのを見ると、とたんに気持ちが萎《な》えて殴りつけたくなる、と言っていた。「俺が顔まで洗ってんだから、おまえも手ぐらい洗えよな！」と怒りがこみあげるらしい。

それも短気すぎてどうかと思うが（女の子はむやみに顔を洗うと化粧が落ちちゃうという事情もあるし）、気持ちはわからなくもない。

部屋に上がっても手洗いうがいをしないというのは、なんとなくモヤモヤして嫌なものだ。潔癖性かどうかという問題ではなく、習慣の違いとして気になる。目の前で犬食いをされたら百年の恋も冷めるように、やはり手ぐらいは洗ってほしいものだ。

そこで、木無恥《きむち》沢庵《たくあん》（略してキムタク）と葉川《はがわ》イルカ主演の、リアリズム追求型ドラマを考案してみる。

「沢庵さん、うちに泊まっていって。お父様は軽井沢のゴルフコンペに行ってしまって、今日はいないの」

「そんじゃあちょっとお邪魔しよっかな」

と、二人はなだれこむようにイルカちゃんの家へ。玄関の扉をくぐったところで、

「おいおい、イルカちゃん。鍵《かぎ》はちゃんとかけなきゃ不用心だぜ、豪邸なんだから。

チェーンもして、と」

「まあ、沢庵さんたら細かいのね。さ、上がって上がって」

「ちょっと待った。靴はつま先を戸の方に向けてそろえて脱いでおかなくちゃ……おいイルカ（呼び捨て）！　おまえなあ、家に帰ったらまずうがい手洗いをしないとダメだろ？　そんな雑菌だらけの手で俺の体に触る気か、コンコンチキめが」

テルルル、と電話。

「まあ、お父様。えっ、予定が変わって急遽《きゅうきょ》軽井沢から帰っていらっしゃる⁉」

「イルカーッ。軍隊の指令じゃあるまいし、電話の会話をいちいち復唱するのはやめろ！　ていうか、俺のパンツはどこいったんだっつうの！」

（実在の人物、事件、団体、ドラマとはいっさいまったく関係ありません）

ううむ、ちっとも麗《うるわ》しくないドラマになってしまった。やはりリアリズムの補塡《ほてん》は見るほうで独自にするべし、ということか。想像の中で登場人物に鍵をかけさせたり手を洗わせたりするのは、なかなか疲れるんだがなあ。百年の恋が冷めないようにするためには、視聴者もそれなりの努力を払わねばならぬらしい。

だがなによりも気になるのは（ここから先は、実際のテレビドラマ「空から降る一億の星」の話）、明石家《あかしや》さんまと深津絵里は兄妹という設定なのに、どうしてさんまだけがバリバリの関西弁なのか、ということだ。まあ、二人は実は本当の兄妹ではないのだが、もしかして深津絵里は兄の関西弁からそのことを察する、という展開になるのか？

「ずっと疑問だったんだけど、どうしてお兄ちゃんだけ関西弁なの？」と。そういう疑問はもっと早く、思春期のころなどに気づいてもいいものだと思うがな、絵里ちゃん。

いったい、さんまの関西弁は伏線なのか、はたまた東京弁に自動翻訳しちゃってもかまわない程度のものなのか、どっちなんだ！

これまた気になって気になって、もうドラマの筋を追うどころじゃないんですよ、ホントに。

思い出ホロホロ

「空から降る一億の星」は、フジテレビ系列で二〇〇二年四月から六月にかけて放映された。さんまの関西弁についてのフォローは、ドラマの中でちっともなかった。まつたく釈然としない。

宇多田ヒカルのプロモーションビデオについては、当時テレビで何人かが指摘していたそうで、「やっぱりあれは、だれが見ても気になる皿の洗いかたなんだな」と意を強くした。かく言う私も、皿の裏に泡がくっついたまま、洗い物を終了させていることが多い。酷《ひど》いときにはすすぐこと自体を忘れ、そのまま放置してしまう（洗い物の途中でトイレに行ったり宅配便が来たりすると、もうだめである）。自然乾燥した茶碗《ちゃわん》にご飯をよそってようやく、「ん、なんだかベタついてるな」と気づく。まあ死ぬこともあるまい、とそのまま食べる。

妄想はカモメの翼に乗って

はふーん（鼻息）。髙村薫先生の新刊が出る！

これを書いている時点では、まだ売り出されていなくて中身を読んでいないのだが……とりあえず、折り込みチラシの「新潮社新刊案内二〇〇二年五月刊」を見てみてください。あん、手元にチラシがない？　しかたない。それじゃあ、すでに発売されている『しをんのしおり』を買うといいじゃろう。その中に件《くだん》の「新刊案内」のチラシが入っているからのう。

……ちょっと私欲に走ってしまった。話を元に戻そう。チラシによると、先生の新刊は『晴子情歌』というらしい。内容をチラシから抜粋すると、「遠洋漁船に乗り組む青年のもとに大量に届き始めた母・晴子からの手紙」だそうだ。

この短い紹介文の中に、それこそ大量にツッコミどころがあって、私はもう平静ではいられない。遠洋漁船！　母親からの手紙（その後、書店のポスターなどをリサーチした結果、その数なんと百通だそうな）！

ううん、すごい。私がこの「遠洋漁船に乗り組む青年」だったら、急に母親からそんなに手紙が届き始めちゃったら、ビビッて海に捨てると思う。だって百通ですよ！　それに、海の上での郵便事情ってどうなっているのだろう。まさかカモメの郵便配達が、「クワー、今日もお母様からお手紙ですよ、クワー」と届けてくれるのではあるまいな。

海に暮らす息子に宛《あ》てて、いずれ手紙をしたためることもあるだろう、とわかっていた母・晴子は、その時のために伝書カモメを百羽、飼育していたのであった。それは晴子の予想をはるかに超える難事業であった。

朝はカモメの悪声によって起こされ、日中は百羽分のカモメの餌《えさ》を確保することに追われた。日が暮れるとカモメは眠る。晴子はようやくビスケットと牛乳の食事を摂《と》る。そして夜の静寂に身を浸《ひた》すようにして、晴子はひたすら墨をするのだった（手紙を書くため）。

こういう話だったらどうしよう。いや、もしそうならば、チラシの紹介文に「カモメ」の文字があるはずだ。それがないということは、カモメは登場しないのであろう。ということは、やはり物語は遠洋漁船に乗っている息子を中心に進むのだろうか。

晴子の息子が乗る船に、何か秘密が隠されているに違いない。それを解き明かす鍵を、私は（独目に）新刊案内のチラシから見いだした。

チラシの『晴子情歌』の隣には、団鬼六先生の『奴隷船《どれいせん》』の紹介が載っているのだ。奴隷船⁉もしや……晴子の息子が乗っているという遠洋漁船は、実は奴隷船なのではなかろうか。

雄一郎（『晴子情歌』の青年の名前がまだわからないため、高村小説が生んだ最大のヒーロー、合田刑事のお名前を暫定的《ざんてい》に拝借いたします）は、カモメが運んできた母からの手紙を読んでため息をついた。

「雄一郎。金目鯛《きんめだい》はたくさん釣れましたか。潮風は体に悪い。くれぐれも気をつけて。母より」

金目鯛をわざわざ遠洋漁船で捕獲する必要があるのか、とか、これじゃあ母からというよりも義兄からの手紙だ（詳しくは合田刑事シリーズをお読み下さい）、とか、そういうツッコミは置いておいて、雄一郎は返事を書くためにペンを執った。

「母さん。南極はいつも冬で、潮風を心配する以前に人間にとっては過酷な環境であり、さらに……言いにくいのですが、この船は奴隷船だったので、大変な毎日を送っていて、母さんからの手紙が唯一《ゆいいつ》の心の慰めであり……」

あらら、いつのまにか「北の国から」になってしまった。

とにかくもう、新刊が出ると聞いて私のアドレナリンは噴出しっぱなし。初めて恋を知った少年みたいに、毎晩夢に見てしまうほどだ。ぶるぶる（武者震い）。

「ははーん、『週刊新潮』と同じ新潮社から出るものだから、この欄で取り上げたのだな」と勘ぐる人、そこへなおれぃ！　高村薫作品への私の熱き思いを五時間ぐらい語り聞かせてしんぜよう。トイレ休憩はなしだから、くれぐれも小用を足してからにしたまえよ。

思い出ホロホロ
その後、東京の書店で行われた髙村薫先生のサイン会に行った。先生はやっぱり大変な人気で、整理券はとっくの昔に配布完了。それでも私はポーッとなりながら、サインする先生を遠巻きに眺めたのだった。
そのまた後日、ありがたくも私の本を読んで下さっているという初対面の方から、「髙村薫先生のサイン会を眺めてましたネ」とズバリと指摘されてたじろいだ。天網《てんもう》恢々疎《かいかいそ》にして漏らさず、とはこのことか！

「サインをもらえないのに、髙村先生を眺めるためだけに書店に来るなんて、相当のファンなんですねぇ」

えへへ、そうなんです。先日も友人と酒を飲みながら、髙村小説について夜通し語り合ってしまいました。

『晴子情歌』の、晴子の息子の名は彰之《あきゆき》といって、母・晴子をはじめとして、周囲の女からも男からも翻弄《ほんろう》され、大変なことになっていた。しかしなによりも度肝を抜かれたのが、晴子が書いた百通の手紙のすさまじい分量で、筆まめにも限度があろう、と眩暈《めまい》がした。晴子が腱鞘炎《けんしょうえん》にかかったことは間違いない。

恐怖の遺伝子

下北沢のファーストフード店で、私は深刻な顔をした友人Sと向き合っていた。

「ねえ、しをん。自分に子どもができたときのことを想像することがある？」

「いやあ、ないねえ。どれぐらい想像しないかというと、正真正銘の文系人間であり、高校時代に微分をまったく理解できなかった私が、量子力学の不確定要素について思いをはせる頻度よりも、まだ少ないぐらいかしらね」

「よくわかんない喩《たと》えだけど、それはつまり、ほとんどまったく想像しないに近い、ということよね」

「うむ」

「私は最近、考えざるをえないのよ。自分に子ども、特に息子ができたときのことを……。ほら、あなたと違ってラブラブの彼氏もいるしさ」

キーッ、悔しい。いざとなれば子どもの一人や二人、単性生殖でいくらでも作ってやるわい。そう思いつつも、今までに見たこともないほど真剣なSの表情に気圧《けお》され、私はゴクリと唾《つば》を呑《の》んだ。

「いったい何についてそんなに考えているの？」

「恐怖のハゲ遺伝子について」

「は？……げ」

「そう、ハゲ。私の体には、どんなに毛深い男を旦那《だんな》にしてもダメなくらい、強力なハゲ遺伝子が組み込まれているのよ！」

「ちょっとちょっと、落ち着いてよ。たしかあなたのお父さんって……」

「ええ、父はハゲているわ」

ハゲは隔世遺伝だと言うし……雲行きが怪しくなってきた。

「さらに恐ろしいことに、死んだ私の祖父も見事にハゲていたの。父には妹しかいないのだけれど、彼女の息子たち（つまりSのイトコ）もみんな、そろいもそろってハゲなのよ！　彼らの父親は、『ラテンの人？』っていうくらい毛が濃くてハゲてない人なのに！」

Sは半泣きになっている。隔世遺伝もなにも関係なく、歴代男子が総ハゲなのよ！と叫ぶSの悲嘆ぶりが怖くなり、私は薄っぺらな慰めの言葉をひねりだす。

「いや、でもSの息子がハゲるころには（彼がハゲることはすでに決定したらしい）、いいカツラとか増毛剤とかできているよ、きっと」

Sはちぎれそうなほど勢いよく首を振った。

「とても間に合わないわ。だって一族の男たちはみんな、若ハゲだもん。二十歳になると、とたんに毛が抜けるんだもん」

な、なんと恐ろしい通過儀礼（⁉）なのだ。だが、まだ希望がついえたわけではない。

「じゃあ、ハゲだしたら潔《いさぎよ》く剃《そ》ってしまえばいいわよ。ほら、今は若者の間でハゲがはやってるじゃない。窪塚洋介《くぼづかようすけ》とか」

「窪塚くんのはハゲじゃないわ。ファッションよ。それに、顔が窪塚くんならハゲでも格好いいけど、あっさりしょうゆ顔の私の息子なのよ？　窪塚くんというより、三《み》木道三《きどうざん》だよ、それじゃあ！」

Sは鼻をすすり、言葉を続けた。

「私はねえ、まだ見ぬ息子のために遺書をしたためておこうと思う。どんな不慮の事故が起こって、幼い息子を置いて死ぬかもわからないからね。文面はこうよ……。『太郎（仮名）へ。これをおまえが読むとき、母はもうこの世にいないでしょう。こんな酷な宣告をせねばならないのに、そばでおまえを支えてやれない母の無念をお察しください。太郎、おまえの頭髪は二十歳までの命です。二十歳までは、いくらでも青春を謳歌《おうか》するがよい。しかしその時が来たら、じたばたせずに頭を丸めなさい。これはもう避けられない運命なのです』」

「出家のすすめとは……壮絶だね」

「いや、別に出家のすすめじゃないよ。ただ、ハゲに対する有効打は丸剃《まるぞ》りしかない、という息子への愛溢《あふ》れる助言よ」

剃ったら三木道三みたいになっちゃうんじゃなかったのか？　Sはため息をついた。

「息子の成長を見守りつつも、私はきっと指折り数えてしまうでしょうね。『ああ、可愛《かわい》いこの子ももう十五歳。栄光の時代はあと五年の間のみ……』なんてさ」

母親からそんなに頭髪について観察されたら、だれだってそのストレスでハゲると思う。

思い出ホロホロ

その後、Sはラブラブの彼氏と結婚し、かわいい女の子が生まれた。女の子ならば、恐怖のハゲ遺伝子とも関係ないだろう。私は、生まれたばかりのその子のポヨポヨの頭髪を、愛《いと》おしい思いで撫《な》でた。

しかし、Sは我が子を厳しい監視体制の下《もと》に置いているのだ。

「髪の毛は、生まれたときからけっこうあったから安心したんだけど……。ねえ、この子ちょっと眉毛《まゆげ》が薄いと思わない？」

「いやあ、赤ちゃんの眉毛なんてこんなもんだよ」

と私が言っても、Sの心配顔は晴れない。頭髪のみならず、体毛全般に関して気になってたまらないらしいのだ。

「しをんも眉毛が薄いでしょ。この子になにかアドバイスしてやってちょうだい」

そこで私は、生後一カ月の赤子（すやすやと睡眠中）に向かって、先輩として励ましの言葉を贈った。

「お母さんは心配してるけど、眉毛が薄くたって不安になることはないでちゅよー。そんなの眉墨で描けばいいんだし、むしろむだ毛を抜いて眉を整える手間がはぶけて、便利なぐらいでちゅよー」

「うーん、それもそうかしらね」

と言ったのは赤ん坊ではなく、もちろんSだ。

友だちの子どもというのは、適度な距離感があって純粋にかわいがることができる。私にSからメール添付で送られてくる子どもの写真を眺めては、その成長を喜んでいる。最近では髪の毛もふさふさし、眉毛も綺麗《きれい》な形に生えそろった。なかなかの別嬪《べっぴん》さんじゃのう、と気分はほとんど祖父である。

二幕　玉蹴り三昧

NHKにモノ申す

世のサッカー熱に煽《あお》られ、にわかに思い立って映画『少林サッカー』を観《み》に行く。拳法《けんぽう》風味で濃く味付けされた『キャプテン翼』の実写版、といった趣《おもむき》の馬鹿馬鹿《ばかばか》しい明るさに、場内はくすぐられ笑いの嵐《あらし》。ところがどっこい、暗い場所ですぐに発情する輩《やから》ってのは必ずいるもので、私のそばに座っていたカップルはすでに密着率八十七パーセント。

「き、君たちなぁ、この映画のどこをどう観てそんなに欲情をもよおしちゃってるのか、おいらにわかるようにそこに正座して説明しやがれってんだ、ど畜生め」

と、カップル撲滅《ぼくめつ》対策本部長が私の脳内で口をきわめて罵《ののし》りの声を上げるも、やつらはどこ吹く風。密着率は順調に上昇し、今や九十三パーセントに達せんとしている。もはや結合していないのは性器のみ、といった感じ。

スクリーン上で展開されるへなちょこ技の波状攻撃にもめげることなくそそり立つ

青い性欲を前にして、対策本部長も早々と予選リーグ敗退を宣言。残された芝枯れのフィールドで私は一人、この雪辱をいつか果たしてやると誓ったのであった。カップルなんてみんな、少林寺拳法で頭をかち割られてしまえばいい。

気を取り直して、イングランドとナイジェリアの対決をテレビ観戦する。イングランドのGKシーマンは、私にとって気になるあんちくしょうだ。そこでトイレに行くのも我慢してテレビの前に陣取っていたのだが、両チームとも無得点だったため、あまりキーパーが映らない。ようやく試合終了後にベッカムとシーマンが熱き抱擁をかわそうとしたところでカメラがパン。私はあまりにも激しい怒りのため血圧が急上昇し、眩暈《めまい》のせいで何も見えなくなるほどだった。

「蘭丸《らんまる》！　余の刀をもてぃ！」

「殿、殿、お静まり下さい！」

「ええい、離せ離せ。ドリャア！」

脇息《きょうそく》をまっぷたつに叩《たた》き斬る殿。それでもまだ飽きたらず、取りすがる家臣をちぎっては投げちぎっては投げしながら、掛け軸をなます斬りに斬りまくる殿。

ハアハア、ふざけるなNHK！

私がなんのために貴様にチャンネルを合わせていたと心得るか。ベッカムとシーマンの仲のいいところを見るためである。それを、それを〜〜！　ぬぬぬぬぬ。丁重なる詫《わ》び状とともに受信料を返納してもらいたい。本当に自分でもどうかと思うほど怒ってしまいましたことよ。

それでも諦《あきら》めずに夜のハイライト番組を見ていたのに、やっぱりベッカムとシーマンの抱擁シーン直前で映像がカットされる。ぬおおお。刀で畳を刺し貫き、二十三カ所ぐらい穴を空けまくる殿。

いったいＮＨＫは、今日一日でどれだけ私を怒らせれば気がすむのか。今夜、私が脳溢血《のういっけつ》でぽっくりいってしまったら、それは九割九分九厘《りん》ＮＨＫのせいだ。ぷんすか。

ところで、解説の早野宏史《ひろし》氏はとっても詩的だ。スペイン×南アフリカ戦では、「スペインチームの動きは酸素のいっぱい入った金魚鉢の中にいるよう」とか「ボールの熱情はまだ続いている」とか、名言が目白押し。しかしなにゆえに金魚鉢……？

彼は興奮しにくい性質らしく、ボールがゴール近くに転がっていっても決して絶叫などしない。シュートを外した直後にかがんで靴紐《くつひも》を直した選手を指して、「ああ、紐のせいにしてます」と、淡々と冷酷なる解説をしてみせる。

「あー、あうあうっ！」と、彼が興奮のあまり言葉を忘れてしまうようなプレーは、はたしてこの世に存在するのだろうか。詩人・早野氏から言葉を奪う、という不可能とも思われる偉業を達成するのはどこのどんな選手か。目が離せなくなってきた。

それにしても気になるのがNHK堀尾アナの顔で、疲労のせいか鼻の付け根を中心にどんどん陥没《かんぼつ》していっている。ワールドカップが終わるころには、彼の目・鼻・口はすべてめりこんじゃってるのではないかと思えてならぬ。鬼の心で彼の顔の成り行きを観察していくことを、カットされた幻の抱擁シーンに誓おう。

秘密の収集袋

こんなにサッカーワールドカップに夢中になるとは、計算外のことであった。私はたいがいの場合において、はやり物に非常に疎《うと》い。今だって「オフサイド」って何なのか、あんまりよくわかっていない。しかしテレビで中継されるたびに熱心に見てしまっている。おかげでやらねばならぬことがすべて、全然進んでいないという危機的状況だ。

ポルトガルが敗退したときなど、近来まれに見るほどガッカリしてしまって、何もかもを投げ出してふて寝した。まさか自分が、スポーツ観戦においてトラキチもかくやという落胆ぶりを露呈するとは夢にも思っていなかった。長生きはするものである。

それにしても、韓国において儒教の仁の精神はすたれてしまったのだろうか。引き分けにしておけば、韓国もポルトガルも共に決勝トーナメントに進めたというのに、あそこで一点入れるなんて酷《ひど》すぎるわ。十一人の韓国に対して、ポルトガルは九人しかいなかったのに、手加減というものがない。おかげで、韓国があんなに嫌っていたアメリカが、グループから決勝に進むことになっちゃったじゃないの！　アメリカは自分たちが決勝トーナメントに進むなんて、きっと思っていなかっただろうから、今ごろ故郷に残してきた奥さんたちに国際電話で怒られているに違いない。

「あんた、いつになったら戻ってくるの！　トウモロコシに害虫がたかっちゃって大変なのよ！」

　なんてさ……。

　ポルトガルのフィーゴは、試合開始直後に比べると、後半は明らかに頬のあたりのヒゲが濃くなっていた。ヒゲが伸びるぐらい頑張ったというのになあ。あーあ。

　ポルトガル勢の体毛ときたら、私を昇天させる気なんでしょうか、というぐらいに密生している。メンバーのすべてが好みの顔だ。私はポルトガルに行きたい。

　昇天と言えば、イタリアチームのあのピチピチのユニフォームはなんなんだ。いかがわしすぎる。私は乳牛もかくや、というぐらいにピューピューと鼻血を搾《しぼ》り取られている。搾り取られる端から藁《わら》（体毛のこと）を与えられて、もう満腹。

　ラテンの人って、どうしていつも髪の毛が濡《ぬ》れているのかしら。髪の毛に限らず、なんか全体に水が滴《したた》っているのかしら。ハフー（鼻息）。こんなにたくさんのラテン系のいい男が見られるなんて……。毎晩むせび泣きながらサッカーの神に感謝を捧《ささ》げている。典型的な「にわかサッカーファン」である。

弟はそんな私が許せないらしく、最近まともに会話をしてくれない。「まあ、あんなにボールを競《せ》り合ってクルクルまわったら、敵のゴールがどっちにあったか方向を見失いそうねえ」と言ったら、「見失わねえよ。いいからもうブタさん（と弟は私を呼ぶ）はおうちに帰れ」と……。家で見てるのに！「あらっ、この人だれ！　すっごくかっこいいわ。ねえ、だれ？」と聞いても石地蔵のように黙りこくっている。硬派なスポーツオタクとしては、私のようなミーハーな観戦態度が許せないらしい。しょうがないから、「ワールドカップガイドブック」みたいな本を買ってきて、自分で熱心に調べている。

これでも欲望を抑えているのになあ。本当は、「どうして稲本はゴールを決めると必ず小野と嬉《うれ》しそうに抱き合うのかしら……仲がいいのね。うふふ」と言いたいところをグッと我慢しているのだ。そんなことを言おうものなら、「ホントにその悪癖をなんとかしろ！」と弟にタコ殴りにされかねないからな。

しかし私は、自他共に認める「濃くてあんまり風呂《ふろ》に入らなそうな人」好きだったのに、イングランドのベッカムを見ると、どうしてもデヘーッとなってしまう。般若《はんにゃ》心経《しんぎょう》を唱えて心を落ち着かせようとしてもダメである。「ケッ、こんなわかりやすいかっこよさには懐柔《かいじゅう》されないぜ……デヘーッ」という感じだ。雲の絶間姫《たえまひめ》の色香に送ってしまった鳴神上人《なるかみしょうにん》の気持ちが初めてわかった。まだまだ修行が足りないらしい。

そんな調子で、玉蹴《け》りに興じるおのこたちにキリキリ舞いさせられている今日このごろ。ある夜、キリキリ舞いに疲れてベッドで伸びていたら、近所の友人Kから電話があった。もうかなり酔っているらしく、「これから遊びに来ない？　ダハー」と言う。「行く行くー」と言って出かけたら、なんとKの家に猫がいた。それも見目麗《みめうるわ》しい若猫だ。

「ど、どうしたのこの猫。いつから飼ってるの？」

と聞いたら、

「うん？　一年前ぐらいから」

と言うではないか。この一年の間に、私は何度もKの家に遊びに行った。しかしその時には、猫が私の目に触れないように巧妙に隠していたらしい。近所に住む友人に、猫を飼い始めたことを一年も黙っているとは何事であろうか。私は彼女の不人情を責めた。するとKは、

「だってしをんは猫をあんまり好きじゃないでしょ？」

と言う。どうやら気を使ってくれていたらしい。

「うん、まああんまり好きじゃないけどさ……」

と言ったとたんに、その猫はいとも愛らしく私にじゃれかかってきた。

デヘーッ。ベッカムに続いて、猫にまで懐柔された私。もうそれからは、初孫を可《か》愛《わい》がるオジジのように、猫を猫っかわいがりしつつ朝まで飲んでしまった。途中で猫が、「じゃ、僕はもう眠いので失礼します」と部屋から出ていく。そのときも、「ああん、もう行っちゃうんですか。また遊んでくださいねー」と名残惜しく見送る始末。角の取れた豆腐のように、嚙《か》みごたえのないフヌケ人間に成り下がっている。

どうしちゃったんだ、自分。何がこんなに私を丸くしてしまったんだ。やっぱりサッカー観戦がいけなかったのかしら。あんまり好みの男たちが一堂に会したので、心が満たされすぎて凪《な》いでしまったのかもしれない。などと言いつつ、中継カメラのアングルが悪い（ゴール後の抱擁や選手交代の際の抱擁をもっとしっかりフォローせんかい！）とか、○茂さんの解説はちっとも解説になっていないとか、しょっちゅうぷんぷんになって怒っているけれど。

サッカーを眺めながら、山田風太郎の『戦中派不戦日記』（講談社文庫）を読んだ。解説は橋本治という、私にとっては一冊で二度おいしい本だ。一九四五年の一年間の貴重な記録だが、戦争中でも風太郎はけっこう芝居を見に行ったり本を読んだり友だちと冗談を言い合ったりしている。戦争中というだけで、なんだかみんな毎日竹槍《たけやり》訓練をしたりバケツリレーに駆り出されたりしていたのかな、という印象があるけれど、どうやらそんなことはないみたいだ。それぞれの人に毎日仕事や学校があって、笑いや憤《いきどお》りがある。日々の暮らしは戦争をしていたって続いていく。そんな中で沈思黙考したり昂揚《こうよう》したりする風太郎青年の姿が、半世紀以上経《た》った今でも本の中に生きている。

私が気になったのは、五月十六日の項である。風太郎青年は、授業中に隣の席の松柳君と「書問答」をする。今と変わらない、教師の目を盗んでの筆談の光景である。その中で松柳君は風太郎青年に、「君と仲のよい松葉君は、最近高田君と接近しているようだが、君はそれを浮気だとは思わないか」(要約)とか、「僕は君に心酔している」(要約)とか、かなり熱烈に愛を告白している(ように私には見える)。それに対する風太郎青年の返答は、(年上ということもあってか)冷淡かつ冷静なものだ。しかし別の日には風太郎青年は、家族に愛されて育った松柳君に対する、軽蔑《けいべつ》とも羨《せん》望《ぼう》ともつかぬ複雑な心境を日記に吐露している。

この青臭さ。いいなあ、と思うのである。「乙女チック」って、もしかしてかなりの割合で男性が発明した心情なのではないかしらん。

こういう、友情なんだか嫉妬《しっと》なんだかわからない感情を、こまめに拾い集めては一人ほくそ笑む私。こんな甘酸《あまず》っぱい気持ちには、なかなか実際にお目にかかれない。当事者間の秘密になってしまうからだ（恋愛よりもその秘密度は高い）。

サッカー選手の抱擁シーンを、「にやり」と邪悪に微笑《ほほえ》みながら眺めていても、見逃してくれよなと思う。「秘密の気持ち」を収集するまたとないチャンスなんだから。私の「秘密の気持ち収集袋」の中に、着々と甘酸っぱいものが貯《た》まっていっている。その甘酸っぱさは、たとえれば「ラテン系の選手から滴った水分（汗、水、フェロモンの混合物）のような甘酸っぱさ」と言えようか……。

うーん、なんかいやな収集癖だな。

そりゃあ哀《かな》しい話だねい

近所をぶらついていたら、通りの向こうをKが歩いていた。だが私は最初どうしても、それがKだと確信が持てなかった。二週間前に遊んだときには、Kの髪型はベリー・ショートだったのに、その時のKはストレートの髪が胸のあたりまであったからだ。

まあ、いったいどんな育毛剤を使ったら、お菊人形も泣いて精進の不足を謝りそうなほど、あんなにニョロニョロと髪が伸びるのかしら。

しかしもちろん、Kはカツラをかぶって近所を散歩中だったのであった。ただ近所を歩くだけなのに、どうしてカツラを着用するのかわからない。潜伏中の指名手配犯のような彼女の行動に、私は首をかしげた。

「K、ウラジオストクに着いた荷はどうなった？　当局の監視の目は相当厳しそうだが」

「は？　なんの話？」

まずは軽く変化球で様子を探ってみたが、どうやらKは反政府活動はしていないようだ。そこで直球で質問する。

「どうしてカツラをかぶってるの？」

「ああ、これ。不眠症対策」

バットで打ち返してくれるものと思っていたら、日本刀でボールを一刀両断されてしまった、って感じの意外さに立ちすくむ。

「……どうしてカツラをかぶると夜によく眠れるの？」

私の気分はもう、狼扮《おおかみふん》するおばあさんに、耳が大きいだの口が裂けているだのと失礼な質問を連発する赤ずきんちゃんんだ。そんな無礼者に対して、Kは鷹揚《おうよう》に解説した。

「それはね。ヅラをかぶることによって頭に自然なカンジで負荷《ふか》がかかり、日常の動作すべてにおいて、通常よりもエネルギーを使うからなのだよ」

私が疑念の目で見ていることに気づいたのか、Kは、「まあそこに座りたまえ」と、公園のベンチを指差した。私たちは並んでベンチに腰かける。Kは厳かに述べた。

「これは、不肖わたくしめが熟考した結果の、ありがたき真実なのだから心して聞きなさい。いい？　現代人が十二単《ひとえ》を着たらすっごく疲れるでしょう？」

「そりゃあ疲れるだろうね」

「星一徹お手製の大リーグボール養成ギプスを装着すれば、誰でも疲労困憊《こんぱい》、おまけに筋力アップも間違いなしでしょう？」

「間違いなしだろうね」

私の相槌《あいづち》に、Kは我が意を得たり、とばかりに微笑む。

「それと同じで、胸まで長さのあるヅラを日中ずっとかぶっていれば、疲労も極に達し、しかも首の筋肉まで鍛えられるというものなのだよ。おかげで夜はぐっすり。あ、くれぐれも言っておくが、安物のヅラを選ぶように」

安物だとかぶりづらくて体に一層の負荷がかかり、効果が倍増するらしい。

「なるほどねえ。じゃあ、ヅラをかぶることによって、ケンシロウ（『北斗の拳《けん》』原哲《てつ》夫《お》／武論尊・集英社）のようなたくましき首になることも、夢ではないわけね」

私は早速その場でKのヅラを借りてかぶり、ブンブンと頭を振ってみた。昼下がりの公園で交互にヅラをかぶっては、連獅子《れんじし》のように頭を振り回して首を鍛える私たち。

「ふぃー。たしかにこりゃあ、なかなかの重労働だわい」

すがすがしく汗をぬぐいながらうなずきあう。

「しかし師匠。北斗神拳伝承者でもないおなごが、鍛え上げられたぶっとい首をしていても、だれも感心してくれないような気がするんですが」

「小さい小さい。君は小さなことにこだわりすぎだ。首の太さ云々《うんぬん》よりも、いま私たちが気にしなければならないことは他にあるだろう」

「……というと？」

「いい年をした健康なおなごが二人、こんなところでヅラをかぶって頭を振り回していてもいいものか、ということだ」

ははは、幼稚園児の楽しげな声が聞こえてきやがる。少子化少子化って言うが、わかっちゃいねえ。なあ、ジョニー。ほうぼうの港に女のいるおまえさんから、お偉いさんがたにズバリと言ってやってくれ。マリア様でもなきゃ、相手もなしに子はできない、ってさ。

私たちはカツラを手に、いつまでもベンチに座りこんでいた。沈黙は夜の闇《やみ》よりも深く、平日の公園のベンチの上に降り積もっていった。

思い出ホロホロ

Kの愛猫《あいびょう》は、今や精悍《せいかん》な顔つきの青年（?）だ。すっかり大人になった彼は、近ごろあまり私と遊んでくれない。猫用のおもちゃを振り回して誘いをかける私を、「暴れるのなら外でやってくれないか。君の相手をしてるほど、僕はヒマじゃないのだ」と、なんとも冷めた目で眺めるばかり。

Kと私は、近所に住んでるのをいいことに、しょっちゅう漫画の貸し借りをしている。大量の漫画がつまった重たい紙袋を、えっちらおっちらとお互いの家に運ぶのだ。首だけじゃなく腕の筋肉もだいぶん鍛えられた。

人間ばかりが、いつまでも大人になりきれない。猫を見ていると、つくづくそう思う。

母への手紙

哀れみのこもった眼差《まなざ》しで、「あんたのいいところは、身持ちのかたいところだよ(嘆息)」と母親に言われ、べつに身持ちをかたくしようとしているわけじゃないんだがYO－！　と空に向かって吠《ほ》えてみた昼下がり。こんにちは。いかがおすごしでしょうか。身持ちのかたいわたくしは、今日もだれに会う約束もなく、一人で黙々と本を読んでいます。

先日、ちょっと調べ物をするためにすごく久しぶりに大学図書館に行ったのだが、途中の道で古本市をやっていることに気づいてしまった。ぐおお、と血が沸き立ったが、当初の目的を自分に言い聞かせて、そのまま断腸の思いで素通りする。しかし図書館に入ってもどうにも落ち着かない。そわそわと資料に目を通し、さっさと必要な部分をコピーすると、小走りで古本市会場に駆けつける。

高田馬場の決闘に馳《は》せ参じる堀部安兵衛《やすべえ》、といった感じ。そうだ、図書館ではちゃんと用便もすませました。不敗の「図書館↓便意」神話。ま、武士たるもの、決闘の前にはすべてをぬかりなく整えておかないと。

古本市には掘り出し物（私にとっての）がわんさかあった。無我夢中で本を漁《あさ》る。台の上に絵本を広げて読んでいた子どもを、「ごめん。ちょっとその絵本をどけてくれる？」と追い払ってまで、並べられている本をチェックする。子どもの読書を中断させるなんて大人げないとは思うが、なりふりかまっていられない。

紙袋いっぱいの戦利品を手に入れ、「殿についてきてよかった！　藤吉郎、身に余る幸せにござります」と涙にくれながら故郷に凱旋《がいせん》。帰りの電車の中でさっそく取りだして読みふける（どうして家まで我慢できないのだろう）。

戦利品の一部をここに公開すると（どうして古本好きって、「こんな本をゲットしちゃった」ということを人に言わずにはいられないのだろう）、九條武子《くじょうたけこ》『金鈴』（大正九年）。

かなり日に焼け、読み込まれていて状態が悪いのだが、前々から欲しかった歌集なので即座に買う。二百五十円也。激烈にお買い得だ（私にとっては）。前の持ち主の痕跡《こんせき》が残っているのも古本の楽しいところで、この歌集にはなぜか一カ所だけ、赤線が引かれている歌がある。

君なくてうつろの身なり春くとも年はゆくとも要なしわれは

という一首がそれで、まあ、この歌にそんなに心惹《ひ》かれたなんて、前の持ち主の身にいったいどんな出来事があったのかしら……と空想するのも楽しい。失恋しちゃった苦学生が持っていた本なのかしら。南洋で夫が戦死したと知らされた女性の愛読書だったのかもしれない。もしかしたら、リストラされたおじさんが嗚咽《おえつ》しながら引いた線なのかも……などなど、切ない物思いにふけってみたり。

ま、身持ちのかたい私としては（根に持っている）、「お呼びなくうつろの身なり春は来ず年ばかりゆく要なしのわれ」といったところなんだが。うまいっ。賞賛の声がむなしく響く私の部屋。

……気を取り直して、と。『聊齋志異《りょうさいしい》』（増田渉《わたる》訳・昭和二十三年）も、装幀《そうてい》も中のちょっとしたカットもすごく洒落《しゃれ》ていて、私的にお買い得だった一冊だ。これまた二百五十円也。平易に訳されていてとても楽しめる。

読書人の男のもとに、深夜に得体の知れぬ美しい女が訪れるのだが、その女は実は花の精であった、というような短編が何本か収められている。こういう話ばかりを収録したのは、訳者の増田氏の趣味であろうか。それとも『聊齋志異』には元々こういう話ばかりが(四百三十一篇も!)収められているのだろうか。今度、完全収録されたものを探して読んでみなければ。

それにしても、中国の読書人の男たちはちっとも働いている気配がないが、暮らしはどうやって立てていたのかいな。深夜まで本を読んでいられる、ということはつまり、翌日の農作業の予定をあれこれ考えなくてもよい、「いいところのぼんぼん」だということなのだろう、と自分を納得させたのだが、それにしてもうらやましい。深夜に窓辺に座って本を読んでいるだけで、綺麗《きれい》な花の精が訪ねてきてくれるのだから。しかもさらにうらやましいことに、二人はすぐに一緒に寝台に入ってしまう。いくら美しいからって、深夜に窓から入ってきた見知らぬ女と、そんなに速攻で仲良くなってもいいものなのかな。まあいいか。

男にはちゃんと別に人間の奥さんがいたりして、「おいおい、いいのかよそれで」という三角関係に陥ったりもするのだが、中国の読書人的には全然オッケーらしい。どっちの女にも子どもが生まれて、けっこう幸せに暮らしたりする。うらやましさで三千丈の白髪が天を突きそうだ。深夜に女が本を読んでいたら、この世のものとも思われぬ美青年が窓から入ってくる話とかはないのかな、と期待したのだが、なかった。

ちぇっ。

そんな戦利品の数々を眺めながら、相変わらずテレビでサッカーW杯観戦もしていたのだが、先日のイングランド×ブラジル戦では、大のお気に入りのイングランドのキーパー、シーマンがかわいそうでかわいそうで、本を読む手も止まりがちであった。

シーマン、あなたは悪くないわ！　そりゃあ、あのフリーキックの際に前に出てしまったのはやや判断ミスと言えないこともないかもしれないが、でもあれは仕方ないわよ！（惚《ほ》れた男にはとことん甘い）さあ、涙をふいて元気を出して。私、あなたが出場する欧州での試合も、これからチェックしていこうと心に決めたの。そのためなら、スカパーに入ってもいいとまで思っているぐらい。まさかこれで引退なんて言わないでしょうね……。四年後のW杯でのあなたの勇姿を楽しみにしているのよ！　当年とって三十八歳ということなので、それはなんだか無理なんじゃ、という思いもよぎるが、いやいや、ぶるぶる（悪い予感を振り払う音）。

しかし、ブラジルの猛攻を耐えしのげず、ゴールを許してしまったシーマンを見ているとき、私の胸にはたしかに、否定できない甘いおののきがあったのだった。なんだろう、この暗く甘美な思いは。好きな男がつらい目に遭っているのを見るときの、なんとも言えぬひそかな悦《よろこ》び。

私は数日間、この不思議な感情を言語化しようと自分の心を探り続けた。そしてついに、ぴったりした比喩《ひゆ》を見つけたのだ。ボロボロになって、最後は静かに男泣きしているシーマンを見て湧《わ》き上がる感情。これはつまり、「悪党に捕まった私を助けにきてくれた恋仲の騎士が、私の目の前で荒くれ者たちに斬《き》られて満身創痍《そうい》になっていくさまを見守っているときの感情」なのだ。

恋人が自分のために必死に頑張っている場面に直面して、「もういいわ、アスガルド様（誰だよ）！　私のためにそんなにしないで！　あなたのほうが死んでしまう！」と叫びつつも、「男に命を懸けさせてしまう私。ふふふ」と心中でつぶやくお姫様の気持ちと、通じるものがあると思うのだなあ。

あんなに（私のために）頑張っていて、なおかつ悲しい運命が明らかになりつつある、というときに湧き上がる気持ちに、悲哀だけでなくなんだか甘やかなものが混じったとしても、だれもその乙女を責めることはできまいよ。

べつにシーマンはおまえのためにブラジルと戦っていたわけじゃないやい、というツッコミが聞こえる……。いや、シーマンが私と恋仲の騎士だったことなど今まで一度たりともない、ということは、いくら私が夢見がちとはいえ、ちゃんと理性ではわかっているので、まだ大丈夫です。たぶん。

そういうわけで、私は本を読んだり乙女心を研究したりで忙しく、けれど元気に毎日を送っております。お母様もご自愛ください（根に持っている）。あなあなかしこ。

これで百年後には優勝できる

イングランドが敗退してから数日。ベッカムに慰められる泣き顔のシーマンの写真を新聞から切り抜き、『マイ宝物ファイル』にそっと収めた私は、哀《かな》しみを押し殺して淡々と仕事を進めた。しかし、二度と帰らぬ夫を思いながら幼子《おさなご》を抱えて頑張る毎日（喩《たと》えです）に疲れたのか、昨日はつい十四時間も寝てしまったのだった。グーグー。

その眠りの中で見た夢が、高村薫の『李《り》歐《おう》』と『黄金を抱いて翔《と》べ』を足して二で割った感じで、主役の男の顔が安貞桓《アンジョンファン》だったなんてことは、恥ずかしいから終生の秘密だ。

こんな私の目を覚まさせることができるのは、カーン様の張り手しかあるまい。奥歯をギュッと噛《か》みしめましたので、さあ、どうぞビシッと張ってやってください、カーン様！　カーン様に殴られたら、屈強さを売り物にしているさしもの私も、衝撃で眼球が飛び出し、脳みそが粉砕されちゃうんじゃないかしら、という不安が芽生えもしますが、本望ですわ！　思い切り張ってちょうだい！

俺はサッカーワールドカップになんて、尻《しり》の毛一筋ほどにも興味ないもんね、と孤高を貫くあなたのためにちと解説をば。

ベッカム……御年八十四歳の我が祖母をもとろけさせた、全世界の婦女子のアイドル。私は色欲に惑わされない強い心を育《はぐく》むべく、彼を見るたびに般若心経《はんにゃしんぎょう》を唱え、護《ご》摩《ま》を焚《た》いたものじゃった。おかげで今では、ベッカムに「つきあってくれ」と言われたらやぶさかでもない、というあたりまで心は澄み渡っておる。

シーマン……イングランドのゴールキーパー。私の大のお気に入り。やや肉のつきはじめた高齢の体が宙を舞うエロティシズム。

安貞桓……NHKの大河ドラマに渡来人役で出ててもおかしくない韓国の美男子。奥さんはミス・コリア。

カーン様……ドイツのゴールキーパー。道行く人に彼の写真を見せて、「さあ、この人の好物はなんでしょう？」と質問したら、十人が十人、「バナナ」と答えるであろう、猛《たけ》きゲルマンおのこ。

あ、いま気づいたんだが、もしかしてこの回が載る号が出るころには、すでにワールドカップは終わって……（補注：週刊誌連載だということを忘れ、いつも欲望の赴《おもむ》くままに書いていたのだ）。ははは、ドンマイドンマイ、ドントマインドだっつうの。我が脳内江戸城にて、日本サッカーのこれからを考えるために巨頭会談が開かれる。

「のう、勝どん」

「なんですか、西郷さん」

「おいどんは思うんだが、やはり日本代表はタイに行くべきたい」

「……今のはシャレですか」

「ちがう！　おいどんはいたって真面目《まじめ》ですたい。いいか、勝どん。タイはキックボクシングやらセパタクローやら、蹴《け》り関係のスポーツが盛んだ。世界のサッカーの壁は厚い。ここはタイに行って足技の教えを請《こ》うべきではなかとか」

「なるほど。遠回りに見えて、実は一番効果的な修業法かもしれんな、西郷さん」

「遣タイ使を送ろう、勝どん！　まずはセパタクローワールドカップ優勝を目指して選手強化だ！」

「セパタクローワールドカップ？　そんなものがあるのですか、西郷さん」

「二十三年に一回開かれる、幻の大会でごわす。ちなみに第三回大会は盛況のうちに去年、バンコクで開催されたところたい（↑嘘《うそ》です）」

「壮大だ……壮大な強化計画ですな西郷さん。国家百年の計にふさわしいビッグプロジェクトだ（号泣する勝どん）」

「泣かんでください、勝どん。おいどんも、おいどんも悲しくなってくるばい！」

「これが泣かずにいられようか。西郷さん、いったい何歳の男子をタイに送れば、次のセパカップ（と略した勝どん）の時にちょうどいい年齢の選手に育つんです」

「さあ……いま三歳ぐらいの子がいいんじゃなかとか」

「三歳の幼児じゃ、適性もなにもわかったもんじゃないだろ！　どうするんだ、その子がすごく運痴だったら！」

他にも、インドに行ってカバディ修業（効能・「カバディカバディ」と言い続けなければならないので肺活量が増える）などの案がある。

ん、計画が悠長すぎるって？　勝どん、千里の道も一歩から。焦《あせ》りは禁物ですたい！

思い出ホロホロ

私には「セパタクロー計画」の他にもう一つ、日本サッカー協会にぜひ提案したいテイスな思いつきがあるのだが、それは、日本のゴールキーパーのレベルアップのため、シーマンをコーチとして招聘《しょうへい》する、というものだ。

いつも泣きそうな顔をしているシーマンのことだから、ちょっと強気の態度で「日本に来いや」と迫れば、案外あっさりと応じてくれそうな気がする。関係者は強面《こわもて》のスカウトマンをそろえて、今すぐイギリスに飛んでもらいたい。

祭のあと

こんにちは。もうすぐワールドカップも終わりで、いったいこれから何を心の支えに暮らしていけばよいものやら……新築したばかりの家が台風による大水で流されていくさまを見送るときのような心地がいたします。いとものぐるおしう、御気色《みけしき》悪《あ》しくなりぬるかな、といったところでしょうか。

そのせいなのかどうなのか、この一週間は鬱々《うつうつ》としており、本ばかり読んでさしたる話題もない有りさま。あ、それはいつものことか。しかしそんな気鬱《きうつ》も、昨日の韓国×トルコ戦のときにはどこ吹く風。あまりの怒りで心のもやもやも吹っ飛びました。

私は当然、トルコを応援していた(これまた好みの顔の人が多いから)。ハサン(私は「ラマ僧」とあだ名している)が控えにまわっていたのは残念だったが、シーマンダッシュ(トルコのキーパー・リュストゥのこと)とイルハン君が大活躍。怪我《けが》の痛みで「早く交替させてくれ」と訴えるシーマンダッシュをすげなく無視する監督、韓国粘りの猛追撃、女顔のイルハン君にはやはり胸毛がないことが判明、などなど、見どころたっぷりであった。ところが。ところがである。

試合後に、四位の韓国、三位のトルコの順でメダルが渡されることになったのだが、フジテレビときたら、韓国へのメダル授与までを放映し、トルコへのメダル授与は放送時間の都合とやらでカットしたのだ！　こりゃいったいどういうことだ。私は気鬱だったことなど忘れ、ぷんぷんになって部屋中をのし歩いた。腹立たしい……まことに腹立たしいかぎりのフジテレビのやり方である。延長してでも、三位になったチームへのメダル授与ぐらい放映するべきではないのか。抗議の電話とＦＡＸとお便りをフジテレビに叩《たた》きつけてやろうかとも思ったのだが、沈みがちの気分だったのに急に沸騰した反動で、すぐに氷点下十三度ぐらいに意気が下がってしまった。部屋の片隅で丸まって、いじいじと独り言をつぶやく。どうして駅弁には缶詰のみかんが入っているんだろう、他の物ににおいがついてまずいのに。などなど、これまで生きてきて釈然としなかったことをあげつらねては、いやだいやだ、まったく思い通りにいかないんだから、とため息をついたものである。

あ、すみません。ここでちょっと中座いたします。いやいや、ご不浄にね。すぐ戻ります、すぐ。この原稿をまだ書き終わっていないのですもの。華厳《けごん》の滝のごとき勢いで用を足して、ちゃちゃっと戻りますよ、もちろん……。

はい、終わりました。私の楽しい日々は終わりを告げました。

うおおーん、ドイツが負けちゃったよー。締め切りが迫っているというのに、ちゃっかりと決勝戦を観《み》る図太さ。ゴリラ（カーン様）と大五郎（ロナウド）の対決は、大五郎に軍配が上がった。

しかし一カ月間、ワールドカップ観戦のみを生活の中心に据えてきただけあって、私も少しはサッカーがわかってきた。「あ、ドイツはビアホフを入れてきますねえ。誰を下げるんでしょう」と実況のアナウンサーが言ったとたんにすかさず、「クローゼだね」と答えられるぐらいには。「だいたいクローゼは頭ばっかりで、足で蹴ったボールはとんでもない方に飛んじゃうんだよ。ダメだよ彼は。もっと足で蹴る練習しないと」と、いっぱしの解説者気取り（誰も聞いてる人がいないのに）。恐ろしいばかりのにわかサッカーファンぶりである。

それにしても、試合前から悪い予感がしていたのだ。カーン様とブラジル人は、見るからに相性が悪そうだったからだ。硬骨漢っぽいカーン様と、サンバのリズムに乗っていつまでもしゃべり続けそうなロナウジーニョ（私は「オバチャン」とあだ名している）や、全世界に放映される決勝戦なのにその髪型でいいのかい！　とツッコミを入れざるを得ないロナウドとでは、太陽と冥王星《めいおうせい》ぐらい距離がある。この際、どっちが太陽でどっちが冥王星なのかというのは置いておいて、とにかく、さしものカーン様でも、あの訳のわからないエネルギーに満ちたブラジルが相手では、なかなか勝つのは難しいということなのだろう。

ブラジル勢は、「はーい、集合ですよー」と言っても遊び続ける小学生の男の子みたいに、激しく無邪気に優勝を喜び続ける。昨日の授与式で、メダルをもらうのを待つトルコ勢が見せた礼儀正しさとは正反対だ。ドイツがメダルをもらっている間も、おかまいなしにキャッキャと騒ぐ。みんなで円陣を作ってUFOを呼ぼうとしたりする（いや、神に感謝しているんだと思うけれど）。

そういう各国の反応の違いがなかなか面白くて、私はワールドカップに夢中になってしまったのだ。もちろん一番の理由は、色々な国の味のある美男が見られて嬉《うれ》しい、ということにつきるのだが。

しかしなかなか、私が「美しい男だわ……」と思う人に対する賛同が得られないのはどうしたわけだ。カーン様なんて、見れば見るほど絶世の美男子に思えるのだが、友だちに「ええー、私は趣味じゃない」と散々けなされた。一押しだったイングランドのシーマンに至っては、友人知人がすべて「……」と口をつぐんでしまったほどだ。

なぜ？　シーマン情報を求めてイギリスのサイトまで飛んでいき、そこでダウンロードした、シーマンが娘を抱いている写真をデスクトップに貼《は》り付けてニヤニヤしている私の立場は？　なんかもう心情的には、「妻子の写真を机に飾って仕事に励むバリバリのサラリーマン」なのに。いつシーマンがあんたの妻子になったんだ、という周囲の声にも耳をふさいで、一枚の写真を心の潤《うるお》いにしているのである。

決勝戦の見どころの一つは間違いなく、雨に濡《ぬ》れてますます地球外生命体っぽいテカリを放つ審判のコッリーナさんだった。筋の浮いた頭。邪悪な笑み。コッリーナさん的には優しく微笑《ほほえ》んでいるのだろうけれど、笑うと怖さ倍増である。そのコッリーナさんが、手を痛めたカーン様をいたわるシーンなど、もはやサッカーの試合なのか特殊メイクを多用したSF映画なのかわからないほどであった。カーン様、と「様」を付けるほど熱を上げている人に対してえらい言いようだが、正直な感想だ。

「大丈夫か、カーン君。君が交替なんてことになったら、このフィールドで人類じゃないのが私だけになってしまう。くれぐれも大切にしてくれたまえよ」

「グオアアア（うるさい、あっち行け）」

こんなセリフを勝手に当てはめて、テレビの前で一人で楽しんだ。

言いたい放題に言っているけど、本当にカーン様のこと好きなんだ。信じてくれ！

（魂の咆哮《ほうこう》）対韓国戦で、カーン様の左手の薬指に指輪があることに気づき、衝撃のあまり五分ほど物も言えなかったぐらいなのだ。

ま、まさかカーン様、恋をなさったことがおありだなんて……。いや、お見合い結婚かもしれないけれどさ（ドイツにも見合いってあるのだろうか）。即座にネットの海をさまよい、家族構成を調べてしまった（そして奥さんの名前まで知ってしまった）ストーカー気質ありありの私。この熱意で身近にいる人に恋をしたら、なんだか大変なことになっちゃいそうな気がする。よかった、スポーツ選手という遠い存在に対して発露された恋情で。よかったのかどうなのか、さらに恋情なのかなんなのか、複雑に鬱屈しすぎてもはや自分でもはっきりと判定できないけれど。

ワールドカップ終了を受けて、今回の大会の総括本がいろいろ出るはずだ。かゆいところに手の届く一冊を求めて、私は本屋をさまようことになるだろう。どうかシーマンとカーン様がいっぱい出ていますように。

今の私は、大水で流されていく家が帆船に変形し、そのまま沖へと漕《こ》ぎ出していくのをハンケチを振りながら涙、涙で見送る心地、である。

思い出ホロホロ

のちに、カーン様は不倫が発覚して大変なことになった。ゴリラのくせに不倫……(↑とことん失礼)。

シーマンには、浮いた噂《うわさ》はないようだ。さすが、私の見込んだ男だけある。いや、もしかしたらシーマンは、不倫しようが重婚してようが、だれからも気づいてもらえないだけなのかもしれないが。そんな渋さ（?）も魅力的だ。

三幕　それぞれの熱中時代

研究室の密談

私の研究室《ラボラトリー》へようこそ。

あっ、室内にあるものを迂闊《うかつ》に触っちゃいかん。遠くから眺めるだけにしてくれたまえ、大事なものばかりなんだから。

どうだい、そのマネキン。素晴らしい胸毛を生やしているだろう。それはなあ、アントニオ・バンデラスの胸毛を参考に、私が腕のいい人形師に一本一本植毛させた、現在のところ最高の胸毛マネキンだ。バンデラスは、「理想の胸毛」に近いものを持っている男として、私が常日頃注目している人間の一人なのだ。

なんだ、もうマネキンは見なくてもいいのかい。それじゃあ本題に入ろう。今日、ここへ君を呼んだのは他でもない。我がライフワークもいよいよ佳境を迎えた。そこでぜひとも、世界にその名を轟《とどろ》かせるカツラ職人である君の協力を仰ぎたいと思ったのだ。まあ、かけてくれたまえ。

日本は文字どおり、「不毛地帯」だ。いかんせん、胸毛のサンプルが少なすぎる。しかしワールドカップ期間中は、全世界から様々な男たちが集ってきた。もちろん私はその機を逃さず、日夜、選手のみならずサポーターにまで目を光らせたものだよ。おかげで私の研究も進捗《しんちょく》を見せたというわけだ。

ここでその成果を発表しよう。生え方、質感、色。この三要素が、絶妙のバランス（いわゆる「胸毛黄金率」）で絡《から》み合わねば、理想の胸毛とは言えない、とはいつも私が主張しているところだが、その具体的な条件が固まったのだ。

一、生え方。

薄すぎず濃すぎず。肌が少し透けて見えるぐらいがよろしい。（女性でいうところの）乳房とその間にまんべんなく生えていること。乳房だけ、もしくは谷間だけに生えているものは邪道である。

二、質感。

密度および生えている部位が適切であっても、立体的にもわもわと繁《しげ》っているのは不可。少しへにょりとしているのが最上級。また、一本一本の毛について言うと、縮れているのは好ましくない。限りなく直線に近いカーブを描くのが「美」というものである。

三、色。
　これは各人の肌の色とのコントラストが最も重視されるので、一概には言えぬが、あまり色が薄すぎても濃すぎてもいけない。頭髪が金色っぽい者は、髪の色よりもやや濃く、逆に頭髪が黒っぽい者は、髪の色よりもやや茶、または灰色がかった色がよろしかろう。

　以上を踏まえて、君に頼みたいことというのは、だ。ここにあるバンデラス仕様の胸毛マネキンを、より完璧《かんぺき》なものにしてもらいたいのだ。ラテンフェロモン濃縮一〇〇%男であるバンデラスも、私に言わせれば惜しいかな、胸毛はまだ完全形とは言えない。

　彼の胸毛は、密度も毛の質感も色も申し分ない。いや、質感については実物に触ったことがないため、申し分なかろう、という推測の域を出ないのが残念だ。死ぬ前に一度触ってみたい……いやいや、話がそれたようだ。

　とにかく、バンデラスの胸毛の唯一《ゆいいつ》の欠点。それは生えている部位だ。私の好み、じゃないじゃない、崇高なる胸毛黄金率からすると、彼の胸毛はもうちょっと乳の上部から生えているべきなのだ。欲を言えば、ワイシャツを着たときに首もとから溢《あふ》れんばかりに生えていてもいいくらいだが、これは研究だから私欲は捨てよう。乳の上部にちょいと毛を植え足すだけでいい。

どうかね、君。やってくれるかね。「バンデラス仕様胸毛マネキン」にさらに植毛し、より完璧な「理想の胸毛マネキン」に仕立て、輝かしき「胸毛のイデア」をこの地上に現出せしめてくれるかね！

そうか、やってくれるか。ありがとう、ありがとう。完成した暁《あかつき》には、すべての人々がその胸毛の貴さ、美しさの前にひれ伏すことだろう……。

そうなったら私は、まずは、全身脱毛を謳《うた》う広告の掲載を差し止めるよう、各雑誌に申し入れる。それから、翻訳者たちの家を訪問し、ハーレクイン小説の濡《ぬ》れ場において、胸毛描写をもっと増やすよう説得するつもりだ。「付け胸毛」の生産にも着手せねば。

さあ、これがハリウッドに特注して作らせた、三千本のバンデラス偽《にせ》胸毛だ。頼むぞ。

思い出ホロホロ

これを書くとき、私は大きな壁にぶちあたった。「乳の上部にちょいと毛を植え足す」のに、いったいどれぐらいの毛が必要なものなのか？

五センチ四方の紙に、自分好みの胸毛密度だと思われる間隔で猛然と点を打ち、それを実際に我が胸に当てていって、おおよその数を算出した。その結果が、三千本なのである。

学会発表（改め来賓祝辞）

なんだか気がついてみれば、ハゲとかカツラとか胸毛とか、体毛にまつわる話ばっかりしているが、毛皮フェチというわけではないので逃げずともよい（乱獲に怯《おび》える森の動物たちへの私信）。

念のため、以下に私の好きなものを挙げると、①本、②服、③美しい男、です。③に関しては、私の審美眼に疑問を呈する人多数なのだけれど。

ああ、若者が（と言われるには、私はトウが立っているが）こんなちゃらんぽらんで、日本の将来は大丈夫なのか、と憂《うれ》えるオジサマたちの顔が浮かぶが、心配御無用。毎朝、新聞を広げては、死亡広告からルクセンブルク大公家の嫁姑《よめしゆうとめ》争いの話題まで読みつくし、社会情勢にもちゃんと目を配っておるぞよ（そ、それだけ⁉）。

たまに料理用の安ワインをラッパ飲みするぐらいで夜遊びもしないし、「美しい男が好き」などと言っておきながら、脳内恋愛に終始している堅実なおなごだ（ちなみに、架空の人物を相手にした我が脳内恋愛で消費される一カ月間のエネルギー量は、実に全世界にある原子力発電所の生み出す一年間のエネルギー総量に匹敵する)。

しかしあまり堅実すぎるのも考えもの。最近、私の周辺ではにわかに結婚・出産ラッシュが巻き起こっているのだが、完全に取り残されてしまった。いったいどういう手順を踏めば、結婚ってできるんだっけ……と、三十八年ぶりに車に乗ってエンジンをかけようとしている人みたいに、ぼんやりと途方に暮れている。

必死に頭をひねってみても、たしかコンブなどを取り交わしてから役所に紙を提出……などと、事務的なことしか思い浮かばない。そんなことより前に私がやるべきなのは、出会いに関するイメージトレーニングだろう！　と薄々わかってはいるのだが、もはや万策尽き果てた感じだ。

さて、やはり生来の堅実さがなせるわざなのか、私は快適な読書のために、「目にいい」と言われるブルーベリーの木を二本、家の庭で栽培している。狭い庭なのに二本も植えたのには、こんないきさつがある。

私は一本で充分じゃろう、と思ったのだが、植木屋のオヤジは言った。ブルーベリーには雌株と雄株があるから、一本じゃ実がならん。つがいで置いてやるがよい、と。まあ、植物のくせにお相手を欲するとは生意気な、と物言わぬ木に対して憎しみの念がこみあげたが、実がならないことには話にならないので、しかたなく二本を仲良く並べて植えてやったのだ。粗略な扱いをものともせず、二本の木は順調に生育していった。

それからはや幾年《いくとせ》……。「放任主義で育てられた子はたくましい」と主張する人たちが、絶好の実証例とばかりに大挙して視察に訪れそうなほど、今年もブルーベリーは異常なまでの実りを見せた。

しかし先月、熟したブルーベリーを収穫していて、私は恐ろしいことに気づいてしまった。こいつら……どっちの木にも実がなっている！　驚愕《きょうがく》のあまり、口ずさんでいた鼻歌も耳からエクトプラズムになって抜けたほどだ。

この二本は雌株と雄株だったはず。それなのに雄株（と私が目していたほう）にも実がなるということは、つまり雄が妊娠しているわけである。両方とも雌株だったとしても、じゃあ種付けした雄株はどこにいるのだ！

私は激しく混乱した。毎年毎年、色づいた実を喜び勇んで摘むことに夢中になって、どちらの木も実をつけていることにはまったく注意を払えていなかったが……もしかしたらこれは、自然界の摂理をくつがえす大発見なのではないか？

「学会に乱入して発表しようぜ！」と逸《はや》る心を抑え、念のため調べてみたところ、ブルーベリーは一本だけ植えても問題ないが、品種の違う二本の間で受粉すると、より一層実がつく植物だ、ということが判明した。

ぜんっぜん雄株と雌株じゃないではないか！　植木屋のオヤジめ、お茶目な説明をしおって……。

植物にまで、「一人でもいいが、相手がいればより実り多い」と諭される形になり、私の学会デビューの夢もついえた。せめてもの供養《くよう》として（？）、このブルーベリーのエピソードを部下の結婚式のスピーチなどにご活用下さい。

思い出ホロホロ

この回が雑誌に掲載された直後、友人Hから送られてきたメールより抜粋。

「幼なじみが飼っていた文鳥も、つがいでぴーこ（雌には赤いテープが足首に付いてる）とピー太だったのが、ぴーこが死んじゃったあとにピー太がたまごをうんでたよ」

不思議だ。植木屋とペット屋のいい加減さが。

ユートピアに消える老人たち

私の住む町には、大きなスピーカーがついた塔がいくつかある。

たぶん、災害が起こったときに避難経路や情報を伝えるために、と作ったものなのだろう。だが幸いなことに、今のところそういう目的でスピーカーが使用されたことはない。

では何に使われるかというと、これがもっぱら、「迷子のお年寄り情報の発信」に活用されるのだ。

のどかな昼下がり。私が必死になってなけなしの集中力を振り絞り、「太郎左右衛《たろうざえ》門《もん》は刀の柄《つか》に手をかけた。目前にたたずむ与平は諦《あきら》めたのか、もはや身じろぎもしない。一瞬の逡巡《しゅんじゅん》。しかし次の刹那《せつな》、太郎左右衛門の刀は闇《やみ》に閃光《せんこう》を放ちながら……」

などと、猛然と書き始めたときにかぎって、それはやってくる。

ピンポンパンポーン。市役所　からの　お知らせ　です。昨日　午前十一時ごろから　○○地区に　住む　七十三歳の　女性が　行方不明に　なって　います。

いくつものスピーカーによって大音量で報じられるものだから、こだまのようにあちこちから時間差で聞こえてくる。音が重なり合うのを防ぐために、文節ごとにのんびりと区切りながら、アナウンスは続く。

緑色の　シャツと　紫の　ズボンをはいて　背中を　丸めて　歩きます。

迷子のお年寄りはたいがい、驚くような色彩感覚の服を身につける傾向にあるようだ。それにしても、「背中を丸めて歩きます」って、ジャングルで見つかった新種の動物の特徴じゃあるまいし、ちょっと失礼じゃないか？

アナウンスはゆっくりと二回繰り返される。一回目のときは、「さっきコンビニに行く途中で見かけた人は違うかしら？」などと、気をつけて特徴を聞くのだが、二回目になるとさすがに、「もういいよ！」という気分になる。せっかく緊迫した様相を呈していた太郎左右衛門も、「無益な殺生《せっしょう》はやめておくでござる」と刀を鞘《さや》に収めちやうし、集中を破られてこっちの仕事が全然進まない。

災害時に備えて作ったスピーカーで迷子のお年寄り情報を流す前に、もっとやるべきことはあるんじゃないのか。老人介護をする家族の負担を減らすためにデイケアサービスを充実させるとか、ふらふらとさまようお年寄りを見かけたらみんなすぐに声をかけるように心がけるとか……。大音量で市内全域に呼びかけるよりも先に、足もとを固めるべきではないかとつくづく思う。これで迷い猫や迷い犬のアナウンスまで始まった日には、私はきっと抜き身の刀をぶらさげて、市役所に殴り込みをかけることだろう。

そんな話を近所のおばあさんとしていたら、おばあさんは言った。

「私の友だちなんて、もう二週間も行方不明だよ」

ええっ。私はかなり驚いた。老人界では、そういうことはよくあることなのか？

「いやあ、徘徊《はいかい》老人のために警察は動いてくれないしねえ。いつものことだから、家族ももう諦めてるみたいだよ」

「でも、さすがに二週間はまずいんじゃ……。例のアナウンスはかけたんですか？」

「うんにゃ」

なんでもないことのように、おばあさんは首を振った。自発的楢山節考《ならやまぶしこう》というかなんというか、老人たちの潔《いさぎよ》さにたじろいでしまう。もしかしたらこうやって、人知れずどこかへ消えてしまった老人はたくさん存在するのだろうか。死亡届も出されないままで、市役所の戸籍係が、「あれ、この人、今年で百四十五歳だぞ？」と首をひねるケースが多くあるのかもしれない。

老人だけが知ることのできる「象の墓場」みたいな場所がどこかにあるのだとしたら……などと夢想しつつ、私は陶然となるような、哀《かな》しいような気分になった。

今日もまた、お年寄りの行方不明を伝えるアナウンスが市内に響き渡る。おばあさんの友だちがその後どうなったのか、私は尋ねることをしていない。無事に家に戻ってきたのか、それともどこか、行きたかった場所にたどりつくことができたのか。

私も何十年後かには、ふらりと家を出たまま帰らなくなるかもしれない。その時に着る服を、今からちゃんと考えておこうと思うのだった。

思い出ホロホロ

「近所のおばあさんのお友だちはその後、見つかったんですか」と、「週刊新潮」の連載担当編集者・T氏がしきりに気にしていた。
しょうがないから、おそるおそるおばあさんに確認してみたところ、その友人は雑木林で行き倒れ死体として発見されたらしい（!）。だけどおばあさんは、友人のこういう結末への覚悟ができていたのか、表面上はあまり動揺していなかった。老人界はなかなか壮絶なことになっている。

そういえば、祖母の住む村では、「いいボケかたですな」というのが老人に対する一種の褒め言葉として多用される。「いいボケかた」とは、物忘れがどんなに激しくても、人にあまり世話をかけずに穏やかに暮らすこと、を指すらしい。

祖母の家に滞在しているとき、二人のおじいさんが近所の橋のたもとに腰かけて、毎日なにやら語らう姿が見られた。私は祖母に、「あのおじいさんたち、すごく仲がいいね。今日もおしゃべりしてる」と言った。すると祖母が教えてくれた。

「会話はあんまり嚙《か》み合っておらんわな。私もたまに一緒に話すんやけど、一人はすごくいいボケかたしてはるで。『ここいらも、ずいぶんようけ建物ができましたなあ』って言わはるんや」

見渡すかぎりの山々の間に、人家がちょびっと点在している村である。

「そんなに建物が増えたかな？」

「増えへん、増えへん。私が嫁に来たときから、ちぃっとも変わらん風景や。でも私ともう一人は、『ほんまに、ここらも様変わりしましたな』って相槌《あいづち》を打つ。そうしてるうちに、日が暮れるんや」

目にしている風景も違えば、流れる時間の速度も違う。老人だけが知ることのできる静かで不思議な世界が、たしかに存在しているようだ。

なまぬるき愛の微風地帯

昼メロのおもしろさの最たる要因は、やはり「ツッコミどころが多い」ということにつきるだろう。

その点、奥様たちに話題だった「真珠夫人」のブッ飛びぶりには及ばないかもしれないが、「新・愛の嵐《あらし》」もなかなかのものだ。

お嬢様と使用人の恋物語なのだが、登場人物の髪型や着ている服が珍妙で、いったいいつの話なのかよくわからない。昭和初期らしいのだが、使用人の猛は藤原竜也《たつや》みたいなシャギーが入った髪型だ。ずいぶんとモダーンなのね。使用人の少年なんて五分刈りかと思っていたわ。

さらに、お嬢様のみならず奥様までもが、畳の縁や部屋の敷居を踏んで歩く。ちょっと躾《しつけ》がなってないんじゃないかしらねえ。私は画面の外で姑《しゅうとめ》みたいな愚痴をこぼしつつ、素麵《そうめん》をすする日々だ。

今日は、無実の罪を着せられ、抗議のために絶食中の猛のところへ、奥様が手ずから握り飯を差し入れしてくれる、という話だった。

ふだん台所に立つこともない奥様が急に握り飯を作りはじめ、驚く旦那《だんな》様や他の使用人たち。猛は奥様が作ってくれた握り飯を見て感激するのだが……その握り飯がまた、激烈にまずそうなのだ！　ギュウギュウに握られていて、「餅《もち》になってるぞ、それ！」と思わず叫んでしまったほど固そう。しかも奥様は気《き》が利かない人なのか、飲み物はいっさい添えられておらぬ。餅と化した握り飯が喉《のど》につまって猛は死ぬ、という展開にならないことを祈りたい。考えてみれば、何日も絶食した人間に、いきなり握り飯を差し入れするのも酷ではないか。せめて重湯《おもゆ》とかさあ……。

お嬢様のバイオリン教師で、いわくありげな崇子さんの過去も明らかになってきた。軟弱なぼっちゃんの文彦《ふみひこ》さんに、崇子さんは酒場で打ち明け話をする。これがまた全然たいしたことのない過去で、肩すかし感がいっそ心地よい。

「あたくしの靴に接吻《せっぷん》したら、話してあげてもよくてよ」なんて思わせぶりに言うから、どんな話が飛びだしてくるのかと期待したのに、「音大の教授と駆け落ちして心中しようとしたら、土壇場《どたんば》で相手が逃げた」というだけのものだった。

ちぇっ、なんだい。「実はあたくし、幽霊なの。え、『足がある。いま靴に接吻した』ですって？　いやね、文彦さん。あなたがあたくしの靴だと思ったものは、そこにあるコッペパンよ」ぐらいの衝撃告白が聞けるのかと、こっちにドキドキしながら身構えていたってのに。

文彦さんの服も変てこりんで、往年の日活アクション映画のチンピラにしか見えない。しかも線が細いので、「往年の日活アクション映画のチンピラに扮《ふん》する宝塚の男役」みたいな壮絶な違和感がある。

総じて、「何をしたいのかよくわからない」昼メロの王道を行くドラマになっていて、余は非常に満足じゃ。おかげさまで、薬味すら入れていない素麺も、妙《たえ》なる美味に感じられてくる。

昼メロを見るときに肝心なのは、「真剣にツッコミを入れつつ、昼間っからこんなドラマを見てる私って……」と後ろめたさを感じられるかどうか、だ。だから、あまり隙《すき》のない展開だったり、制作費をかけすぎたりしてはいけない。

暑い中を夫は汗水たらして働いてるっていうのに、私ったら残り物の冷やご飯をお茶漬けにして食しつつ、夢中でやっすいドラマを見ちゃってます。あら、この酒場は、前作の「真珠夫人」で夫人がやっていたバーと同じセットを使い回してるんじゃなくて？

こういう、「昼間からドラマを見る自分」という背徳感を棚上げできる「安っぽさ」が、快感を生むためには必要だ。一度この脱力系の快感を味わうと、夫の留守中に刺激を求めて不倫、などの意欲もわかなくなること請け合い。

女のヒモと化し、ゴロゴロと日中を過ごす私の友人も、暇にあかして連日昼メロを見ていたおかげで、最近はすっかり欲望が抜け落ちた、と証言する。昼メロの「安さ」の中に秘められた、「諸行無常」(つっこめどつっこめどむなしい)と、「輪廻転生《りんね》」(見覚えのあるセット)の精神が、人を解脱《げだつ》へと導く。

思い出ホロホロ

「新・愛の嵐」は東海テレビ制作で、二〇〇二年七月から九月まで放映された。石原良純《よしずみ》の髪型がまことに珍妙で(なにそれ、失敗したアフロ?)、「そりゃあヒロインも、こんな前衛的すぎる髪型の夫は愛せないよな」と非常に説得力があった。

身分差のある恋愛物語に、どうして人(特に女性)はホワンとしてしまうのだろう。身分差のパターンは二つある(地位・財力が女性のほうが高い場合と、男性のほうが高い場合）わけだが、私は圧倒的に、「女性の身分のほうが高い」シチュエーションが好みだ。『嵐が丘』と『ジェーン・エア』なら『嵐が丘』、『ベルサイユのばら』と『キャンディ・キャンディ』なら『ベルサイユのばら』、『春琴抄』と『プリティ・ウーマン』なら『春琴抄』である。

さらに言うと、美形有能秘書がぼんくら三代目若社長にパソコンの取り扱いかたを教えるとか、不良高校生がうだつのあがらない社会科教師の弁当にピンクのおぼろがかかっていることをからかうとか、そういうシーンを延々と想像しては鼻息を荒くしている。

たまに、「大丈夫かな」と自分が心配になる。なにか悪い病じゃないといいのだが。

本当はバリ島まで十五分

「みんな！　総統から暑中見舞いのお葉書が届いたぞ！」
「本当か、中村！　読んでくれ」（正座して総統に思いを馳《は》せながら目を閉じる一同）
「うむ――『諸君。吾輩《わがはい》は昨夜バリ島に着いた。楠木《くすのき》が持たせてくれた時計はデジタルだったため、吾輩は操作方法がわからず、日本とバリとの時差を正すことができん』」
「お許しください、総統！」（畳の上に泣き崩れる楠木）
「『着いてさっそく、吾輩は満月が優しき光を投げかける海辺を歩いた。白い砂は大福にまぶしてある粉のごとき細やかさで吾輩の足を包む。寄せる波音に耳を傾けると、いまここに諸君と共に居《お》らぬことが非常に残念に思えてくる』」
「もったいないお言葉だ」
「元はと言えば、我々が不甲斐《ふがい》ないばかりに、人数分の格安航空チケットを確保でき

なかったせいなのに」（一同、総統の優しさが胸に迫り号泣）

「『諸君も各々《おのおの》、夏の予定を立案のことと思う。スイカを食うもよし、花火に興じるもよし、寝冷えに気をつけて仲良く暮らせ。総統より』」

「総統は離れていても、我々のことを案じて下さるのだな」

「あ、追伸がある。『追伸。土産はヤシの葉を予定している。これで扇げば、蒸し暑い夜も恐るるに足りず』」

「ありがとうございます、総統！　でもいい加減クーラーを直してください！」（唇を嚙《か》みしめて天を仰ぐ一同）

……そういうわけで、この原稿はバリ島からお送りしています。なんてことはなく、冷房機具は空気清浄機のみ、の私の部屋で書いています。

空気清浄機からなまぬるい風を吹き出させるため、機械の前で無駄にスカートを振ったりして埃《ほこり》を捻出《ねんしゅつ》する。先日、「冷房機具は換気扇。一日に食べる量は宮沢賢治より少ない」という人に会ったのだが、熱帯居住民的同志を見つけた思いがした。私は賢治の五倍はカロリーを摂取しているけれど。夏やせ……遠い夢。

日本列島はほぼ温帯にある、って習った気がするのだが、あれは文科省の陰謀だ。本当はこの島、赤道から数キロのところにあるんじゃないのか。でもそれを言うと国民が勤労意欲をなくしちゃうから、いやいや赤道よりはむしろロシアに近い位置にあるんだから大丈夫、夏も働け、と言い張ってるんじゃないのか。

国土地理院をも巻き込んで地図と地球儀を描き換え、NASAから送られてくる衛星写真はCGで加工済み。「日本列島（地球上を）北上計画」は、明治時代から世界規模で極秘裏に推進されてきた。

そんな馬鹿《ばか》な、と鼻で嗤《わら》う人もあろう。しかし、肉眼で日本列島の位置を確認した人がどれだけいるのか。ガガーリンとか向井さんとかは、「北上計画推進委員会」のメンバーに脅されて、「うーん、中国大陸の横に、なんかちっこい島があったような……モゴモゴ」と言わされただけかもしれないではないか。

恐るべき証拠を提示しよう。私の部屋にある「南蛮人が描いた日本列島図」のポスター（本屋でもらった）だ。これを見ると、日本のすぐ横にインドネシアがある。朝鮮半島だと注意書きは主張するが、嘘《うそ》だろ、これインドネシアなんだろ！　正直に言ってくれ。こちとら暑さで毎晩ヘンテコリンな幻覚を見るんだ。

ちなみに「総統」と「諸君」は昨晩、夢と幻覚の狭間《はざま》で私の部屋のベランダに現れた人々だ。黒い詰め襟を着ていて非常に暑苦しい。なんの結社だろう。大川興業に酷似していたが、もしかしてあれが北上計画推進委員だったのかしら。

心身共に「限界」という文字が見えてきたが、それでもクーラーなぞ断じてかけぬ。地球温暖化にちっとも本腰入れて対処しようとしないブッシュを、私の部屋に招いてやりたい。この部屋で座禅を組め！　ペンギンの嘆きを聞け！

まあ、なんて見上げたエコロジー精神。本当はエアコンのリモコンが見つからないだけ。エアコン本体を探るも、スイッチは発見できず。このまま冬になったらどうしたらいいのだ。凍死してしまう。あ、この国は熱帯にあるから大丈夫か。よかったよかった。……ちっともよくない。

コンピューター哀歌

二回前に、昼メロを愛好するヒモの友人の話をチラッと書いた。そうしたら本人から電話があって、

「読んだぞ〜」

とドスのきいた声で言う。

「まさかあれは俺のことじゃないよな？」

「えっ……」

「俺はヒモじゃないぞ〜。ただ女の部屋に住まわせてもらって、飯を食わせてもらってるだけだぞ〜」

そういう生活形態を、世間一般では「ヒモ」というのではないのか。

「最近では真面目《まじめ》にスポーツクラブに通ってもいる。暑いから二回で中断してるけどな」

「ええと、そのお金は誰が出してるの？」

「女だ」(↑きっぱりと)

いや、うん、だからそういうのをさあ……。

「ところで、俺は明日からしばらく帰省しようと思う」

「あら、いいわね」

「あまりよくもない。バイクで行こうと思うんだが、朝の五時に出ても、どう頑張っても着くのは夜の十一時半ぐらいになりそうなんだ」

「炎天下に十二時間以上もバイクを操れるものなの？」

「俺が倒れるのが先か、バイクがつぶれるのが先か……。いろいろと不安要素を抱えたバイクだからなあ」

なにやら壮絶な旅路になりそうな気配である。

「帰るついでに教習所にも通って、車の免許を取るつもりだ。まあ一カ月半ぐらいあれば、なんとかなるだろ？」

「そうねえ、へこたれずに通って順当に課程が進めば、それぐらいで大丈夫なんじゃない。私は半年以上かかったけど」

「それで、帰省している間はそっちに住民票を移そうと思って、このあいだ区役所に行ったんだ。免許取得の手続きにいろいろ書類が必要だから、取り寄せる面倒がないように、となｰ。だけど、住民票を移すこと自体もけっこう面倒なんだよな。なんだかんだ紙に書いて役所の窓口に提出せねばならない。そこで俺は窓口の男に言った。『住基ネットとやらがはじまったんでしょう。あれでちょちょいと移して下さい』と。そしたらその男、『さあ、私は担当が違うからできません』と言いやがる。住民票窓口のおまえ以外に、いったい誰に頼めばいいのだ！　勝手に人に番号振っといて、どういうことなんだそりゃ！　俺は相も変わらぬお役所仕事ぶりに、イライラを抑えることができなかったね」

「それでどうしたの？」

「従来のやり方で、紙に書いて窓口に提出したさ。住民票を移す、というせっかくの一大イベントだったのになあ。すごい機能をさっそく目《ま》の当たりにできるのかと期待していただけに、落胆もひとしおだったよ」

住基ネットの効用は結局わからずじまいである。紙で事足りるんなら、わざわざデータ入力しなくていいんじゃなかろうかと思えてならない。

実は先日、なんでもかんでもコンピューターに登録されるのは非常に気まずいものだ、と身をもって知らされることがあったのだ。

私は久しぶりに耳鼻咽喉《いんこう》科に行った。ところが、診察券を忘れるという大ボケをやらかす。受付の人はコンピューターを検索し、最後の来院時期からカルテの所在を探してくれた。

その時、私はコンピューターの画面を見て目が点になった。今までの我が通院歴がすべて表示されたのだが、これがなんとも情けない病歴（？）のオンパレード。

前回は、耳のほじりすぎで外耳炎になって来院。前々回は、ウナギだかアナゴだかの小骨が喉《のど》に刺さって苦しみつつ来院。前々々回は、シャワーを浴びていて耳に入った水がどうしても出なくて来院。

きゃー。私は思わず受付で赤面した。そんなことまで几帳面《きちょうめん》にコンピューターに入力しなくていいってば！　カルテにだけドイツ語で〔小骨〕とひっそり記しておく、ぐらいにしておいてほしかった。

ちなみに今回の来院理由も、ほじりすぎで耳が痛くなったから、だ。せっかくの容量をそんな記録で埋めつくされてしまう耳鼻科のコンピューターに、少なからぬ同情の念が湧《わ》いてくる。華々しい住基ネット（ちゃんと作動してないけど）の陰で、今日も頑張れぼくらの耳鼻コン！（ヤケ）

思い出ホロホロ

友人は、もう二度とバイクでの帰省はしないと言っている。

彼はいろいろな職業（ヒモ含む）を遍歴してきたのだが、ごく短期間、某有名政治家の秘書だったこともある。

仕事を辞めるとき、その人の内面において、「職場に不満があるから」という理由が、大きな割合を占める場合も多いことだろう。しかし、政治家秘書は決して不満を理由に辞めてはいけないそうだ。「部下の間に不満が蔓延《まんえん》している」という事実を、代議士本人に伝えるなんてとんでもない、という慣例があるらしい。そんなだから、現状認識に欠ける政治家が多くなっちゃうのだ。まったく馬鹿げた慣例だが、とにかくそういう暗黙の了解がある。

そこで、秘書を辞めたいときは、まずは秘書の親玉にその旨《むね》を伝える。すると親玉が、「うーん、そうか。おまえ、なにか持病はないか。しかるべき病気で入院した後で、『やはり体調がすぐれないので』とフェード・アウトしていくのが好ましいんだが」と勧めてくる。

友人の同僚秘書はそう言われて、困惑したらしい。かなりの健康体だったからだ。うんうん唸《うな》りながら自分の体を点検し、「そういえば、ちょっと痔疾《じしっけ》の気がありますが……」と答えた。親玉は、「それだ！　おまえ、入院して痔の手術してこい！」と命じた。

退院後、同僚秘書は自費で入院し、特に差し迫って必要でもない痔の手術を受けた。

退院後、フェード・アウトのタイミングを計りながら再び職務についた同僚秘書に、代議士夫人が、「○○君、具合はもういいの？　微妙な場所だから、大事にしないとね」と労《いたわ》りの言葉をかける姿が目撃されたそうである。しかし同僚秘書の手術は、まったくの無駄に終わった。

我が友人が慣例を無視した抜け駆け行為を働き、「てんで人間扱いされないので、もう辞めさせていただきます」とトンズラこいたからだ。ああ、無情。人手が足りなくなって、辞めるに辞められない同僚秘書は、「俺の痔の手術費かえせ！」と怒っているらしい。

自己完結派宣言

友人Yちゃんから電話があった。

「しをん、だれかと一緒に映画を観《み》にいったりする？」

「うんにゃ。だいたい一人で観にいくよ」

「そうよねえ。私も一人で行くんよ」

Yちゃんは少しホッとしたような声音になった。「でもそう言ったら知り合いが、『いやあねえ、Yちゃん。映画館の暗闇《くらやみ》がなんのためにあると思ってるの？』って哀れむんよ」

「その人はつまり、映画館はデートの場として存在する、と言いたいわけね？」

「そうだと思う」

「ふんっ。つきあってる相手のいない人間には、映画を観る資格はない、と言わんばかりのお説じゃないの。その人の耳の穴をかっぽじって言ってやりたいわ。そんなに暗い所が好きなら、二人で床下収納庫にでも入ってろ。永遠にイチャこけるよう、ぬかみその入った特大ポリバケツを、重石《おもし》がわりに蓋《ふた》の上に乗せといてやるからさ、とね」

パコパコパコ、とYちゃんが手近にある箱かなんかを叩《たた》いて、賛同を示す音を送ってくる。私は、「ご清聴に感謝する」と重々しく一礼し、心の演壇を下りた。その時、ふと思いついたことがあった。

「そういえば、『一人で喫茶店などには入りにくい』と言う女の人ってけっこういるよね。あれも私にはよくわかんないのよ」

「あ、それは私、なんとなくわかるな」

「そう？　私は一人でコース料理だって食べるし、焼き肉屋にも行くよ」

「一人で肉を焼いて食べるん？　ちょっとむなしくない？」

「全然。人に気を遣わずに自分のペースで食べられて、たまにはいいもんだよ」

「じゃあ、今度私も挑戦してみよう。でも最初から本当に一人っきりで焼き肉を食べるのもなあ……」

「腹話術の人形を片手にはめて行けば？　『オイシイ？』『うん、あんたも食べる？』『ボクハイイヨ。ア、ソノ肉ハ焼ケテルミタイダ』などと人形と会話を交わせば、少なくとも完全に一人というわけじゃないわ」

「なんていい案なの！ まずは『いっこく堂』に弟子入りして腹話術の技術を学ばねばならんから、焼き肉屋にデビューする日はちょっと先のことになると思うけど、しをんも応援してね」

「わかった。じゃあ、Yちゃんが腹話術を体得するまでは、私が人形をはめて向かいの席に座っていてあげるよ」

「心強いわ〜！ って、それじゃあしをんと一緒に焼き肉食べるのと変わらないやん。しかも人形まで一緒で、いつもより人数が〇・五人ほど増えてるぐらいやん！」

「いやいや、私のことはいないものと見なしてくれていい。肉はいただくけれどな。しかしYちゃんのお相手はあくまで、腹話術人形のトニー君だ」

「それぐらいなら、一人で食べたほうがまだむなしくないわ」

「そう思えたらしめたもの。君はもう一人で焼き肉屋に行ける！ 『オワカレダネ、Yチャン』」

「ありがとう、そしてさようなら、トニー君！」

一人で焼き肉屋に行く、という最高レベルの試練にも打ち勝った私たちは、満を持して「自己完結派」の旗揚げをすることにした。

「この派閥を構成する人の特徴は、『自分の楽しみには、ひたすら一人で没頭する』ということよ」

「それって『派』なのかしらねえ。だって一人で楽しむことのできる人ばかりなんやろ？　派閥の会合に人が集まってくるんやろか。だいたい、何を議題に会合を開くん？」

「『俺はこんなことを一人でやった』という自慢話をする。相手がいないと自慢はできないからね」

「自己完結者としては、自慢話すらも自分の日記に誇らしげに書きつづれば満足できる気がするわ」

「それもそうだ。では、ただいまをもって自己完結派は解散する！」

結成から解散まで、わずか三十秒ほどの短命派閥であった。ちなみにYちゃんの自己完結的楽しい日課は、趣味で育てている竹や苔《こけ》に水をやることだ。二十代の女性なのに、老成を通り越してもはや死後の世界に突入した感がある。

思い出ホロホロ

私の自己完結的趣味は、盆栽である。現在、ハゼ（ウルシ科・この実から蠟《ろう》を採る）を立派な盆栽に仕立てるべく奮闘中。水やりをかかさず、日差しに気を配り、枝振りがよくなるように葉を摘み、とかいがいしく世話する。しかしハゼは私の思いに応《こた》えず、小さい体のくせに野趣あふれる様相を呈しつつある。

近ごろではどんな木を見ても、「これが盆栽だったら、どう手入れしてどこの形を直すべきか……」などということを考えてしまう。車に乗っていたら、遠くの山のてっぺんに、何本かの松が並んで立っていた。その松が、枝振りといい連なりかたといい、完璧《かんぺき》な造形を描いているではないか。私は、「ああ、惜しい！　あの松を植えられるだけの巨大な盆器があれば……！」と歯嚙《はが》みせずにはいられなかった。山ぐらいある大きさの盆器に植えられた松。それはもはや盆栽ではない、ということに気づくまでに、少々時間がかかった。

盆栽とは、脳内における事物の縮尺を歪《ゆが》めてしまう、恐ろしい趣味なのだ。

つぶにかける情熱

友人Yちゃんと私は、前回に引き続いてまたも電話でしゃべっている。Yちゃんが切なげに訴えた。

「私には以前から、どうしても商品化してほしくてたまらなかったものがあるんよ。あってもおかしくないのに、いつまでたっても売り出されないんよね」

「まあ、それはなに？」

「『ファンタグレープ・つぶ入り』よ！」

……これはいったい、どこからツッコミを入れるべきなのか。私はしばし黙って思案した。Yちゃんはおかまいなしに新商品開発案を語る。

「ファンタグレープはすばらしい飲み物やん。無果汁なのに、なぜかそんじょそこらのブドウよりもブドウらしい味。たのもしき喉越《のどご》し。あれほどさわやかかつ完璧なブドウ味のジュース（でも無果汁）って他にないわ。しかし、やはり完璧とはいえどもフェイクはフェイク。私はたまに、ファンタグレープに飽きる時があるんよ。そんな時、いつも願ったわ。『コカ・コーラ系列会社のみなさん、どうか《つぶ入りファンタグレープ》を開発してください！　本物よりも本物らしいブドウ味のファンタに入った、正真正銘本物の果肉。そんな究極の贅沢《ぜいたく》を私に味わわせてください』ってね」

「……あのね、Yちゃん。キラキラと夢を語ってるところ悪いんだけど、つぶ入りファンタグレープは無理だよ」

「なんで？」

「飲む前につぶをまんべんなく散らそうと缶を振ったら、プルトップを引いたとたんにファンタが吹き出ちゃうもん」

「そうか、しまったあぁ！　炭酸飲料につぶ入りって基本的に不可能なのか」

「缶を振ることによってはじめて、内部にほどよく炭酸が発生する、という仕組みでも開発されないかぎり、実現されないんじゃないかしら」

「つまらんわ。試作品でもいいからとりあえず、つぶ入りを売り出してくれんかな。缶の底にたまってしまったつぶつぶは、楊枝《ようじ》で拾って食べるから」

「それなら、コップにファンタグレープを注ぎ、そこにあらかじめ自分で剝《む》いておいたブドウを入れる、ってことでいいじゃない」

「剝くのが面倒なんよね」

「じゃあ、口の中でチニパッとブドウの皮から実を取りだし、そこへすかさずファンタグレープを流し込む、というのは？」

「口の中で混ぜることを認めてしまったら、腹の中で混ざればおんなじ、というところまではあと一歩よ。すぐに、『普通に生のブドウを食べた後で、ファンタグレープを飲めばいいや』と堕落してしまう。商品開発に携わる身なのに、そんな易《やす》きに流れるようなことではいかん」

Yちゃんはコカ・コーラ社の社員でもないのに、勝手に理念を説き出す。私はYちゃんの「つぶ幻想」をなんとか思いとどまらせようとした。

「コカ・コーラ社の長い歴史の中には、絶対に一人ぐらいは『つぶ入りファンタ』の開発を提案した人がいたはずよ。それなのに未《いま》だに売り出されないということは、やはり技術的に越えねばならない高い壁があるということでしょう。諦《あきら》めたほうがいいって」

「勇気ある『つぶ入り』提案者は社長から、『君は炭酸飲料課に向かないようだから、ジョージア開発部にでも移りたまえ』なんて言われちゃったりしたんかな」

「『君はどうも勇み足が多いから心配だ。くれぐれも、《コーヒー豆入りジョージア》

などの企画を提案しないでくれたまえよ、山田君』」

「『社長には冒険心ってもんがないんだ！　俺はジョージア開発部に革命を起こす。きっと、パリッと香ばしいコーヒー豆が粒のまま入ったジョージアをヒットさせてみせる！』」

コカ・コーラ社の社員になりきって大激論。

「うーん、『コーヒー豆入りジョージア』は『つぶ入り』の概念を超えて、すでに異物混入の域に達してるような気がするけれど……」

「まあ、神聖なる『つぶ』を異物だなどと！」

なんでそんなに「つぶ」にこだわりを見せるのさ。この熱意からすると、Yちゃんが「つぶ入り牛乳（つぶ部分は乳脂肪分のかたまり）」の開発に着手する日も遠くない。

思い出ホロホロ
ちなみにYちゃんはとても酒に強い。彼女ほど淡々と大量の酒を流しこめる人を、私は他に知らない。どれだけ飲んでもちっとも顔色や言動が変わらないし、恐るべきことに二日酔いにも一度もなったことがないという。

私が酔っ払ったのを見はからって、いつか「米つぶ入り日本酒」などを勧めてきそうである。

四幕　楽園に吹くロマンの風

漂白したいな、この心

どうにも矛盾というか欺瞞《ぎまん》をはらんでいるとしか思えないテレビＣＭがある。それは現在（二〇〇二年九月上旬）放映されている、ある洗剤のＣＭだ。

流行歌には、「移ろいやすい世の中だけど、何年たっても変わらないものを見つけたよ」という主旨の歌詞が散見される。私はそういうのを聞くたびに、「ああ、あるよな」とうなずく。歳月に左右されない不変のもの——。もちろん「愛」なんかじゃない。「高校球児の髪型」と「洗剤のＣＭ」だ。

いま私が問題にしたい洗剤のＣＭも、ご多分に漏れず、「進歩」とか「革新性」という言葉からは百万光年ぐらい離れた、非常にマンネリズムにあふれたつくりだ。

小学校低学年とおぼしき女の子が、学校から帰ってくる。ランドセルを背中に背負わず、なぜか胸に抱えて。ママが「おかえり」と声をかけても、彼女は気もそぞろに返事をして、そそくさと自分の部屋に入ってしまう。

そう、もちろん女の子は、その日着ていた白いシャツを、ミートソースかなんかでべっとりと汚してしまっていたのだ。彼女はかなり怯《おび》えながら、汚れたシャツを自分のベッドの下に隠す。後日、ママは娘のベッドの下から汚れたシャツを発見し、「まあ」という顔をする。

しかし、素晴らしき効力を発揮する洗剤によってシャツは白さを取り戻す。白い洗濯物を取り込むママの様子を、女の子は陰からじっとうかがう。それに気づいたママが、「おいで」とにっこり手招きし、ホッとした女の子が駆け寄って、めでたしめでたし。

という内容なのだが、やっぱり絶対におかしいよ、このCM！　叱《しか》りもせずに「おいで」とにっこり笑ってくれるママなのに、どうして女の子は、シャツを汚してしまったことをあんなに怯える必要があったのだろう。なんか変だ。

私は、CM内のストーリーに断絶があると思うのだ。ママが汚れたシャツをベッドの下で発見してから、白くなったシャツを取り込むまでの間に、視聴者には知られたくない秘密が隠されているはずだ。

CMの冒頭で、なぜ女の子は怯えて、シャツをベッドの下に隠すことまでしたのか。その答えは、「衣服を汚すとママが壮絶に怒る」ということを、彼女が経験上知っていたから、以外に考えられない。では、汚れ物が見つかってしまった女の子は、ママからどんな仕打ちを受けたのか。CMが語らない空白のシーンを想像してみよう。

ママは汚れたシャツを見つけ、娘にかなり激しい折檻《せっかん》をくわえた（女の子の怯え方からして、そんなのは日常茶飯事であると推測される）。髪を振り乱し、鬼の形相で殴る蹴《け》るの暴行を働くママ。泣き叫ぶ娘。そこに、清潔星からやって来た正義の味方、クリーンマンが現れる。

「奥さん、児童虐待《ぎゃくたい》はいけない。僕の星で開発されたこの洗剤を使いなさい。そんな汚れはすぐ落ちますよ」

ママは暴行を中断して半信半疑ながら洗剤を受け取り、女の子は泣きやむ。その洗剤でシャツを洗ってみると、まあ！　綺麗《きれい》に汚れが落ちたではないか。さすがは宇宙の科学力。

これなら、CMの最後の場面にすんなりとつながるだろう。そこを端折《はしょ》ってしまったために、「ものすごく怯えてこそこそ帰宅し、証拠隠滅まではかる娘」と、「子どもが、かなり頑固な汚れを服に付着させて帰ってきても、全然怒らない優しいママ」という、なんともちぐはぐな人物設定、状況設定のCMに仕上がってしまっているのだ。設定上の明らかな矛盾に蓋《ふた》をして、欺瞞に満ちた十年一日の「洗剤のCM」でお茶を濁そうとは片腹痛い。せっかく、「幼児・児童虐待」といういま注目の話題と、「特撮ヒーロー物」というこれまた主婦に人気の要素を合体させて、斬新《ざんしん》なCMを作れるチャンスだったのに。

漂白剤をたっぷり投入して、無難な「幸せな母子」に仕立て上げたこのCMは、なんだか薄気味悪い。最近では、この母子の「幸福ごっこ」への猜疑《さいぎ》がピークに達し、女の子のミートソースの染《し》みが、母親に殴られて吐血《とけつ》した痕《あと》のように思えてきた。これは私の腹黒さが見せる幻覚なのか？

思い出ホロホロ

私が苦言を呈したことが効いたのか（↑絶対に違う）、その後、洗剤CM業界に変化が見られた。真っ白なシーツと戯《たわむ》れる体育会系的むくつけき男たちを見ては、私は「ニヤリ」と邪悪に微笑《ほほえ》む。

さあ、次は風邪薬のCMだ。どうして風邪薬のCMは、「家族」が基本なのか。娘の発表会の前に発熱する母親とか、普段は颯爽《さっそう》と働く企業戦士の父親がよろよろと駅の階段を下りてくるとか、そんなのばっかりだ。風邪を引いても看病してくれる人のいない、一人暮らしの学生や老人にターゲットを絞った宣伝をすれば、新たな消費者を開拓できるはずだ。

アパートの一室（ものすごく散らかっている）で、苦しそうな男子学生が床をじりじりと這《は》っている。隣室では最前から飲み会が開かれているらしく、どんちゃん騒ぎが聞こえてくる。壁を叩《たた》いて助けを求めたいが、そんな力ももう出ない。飲み会の参加者の一人が急性アルコール中毒になり、救急車のサイレンが近づく。「俺も一緒に乗せてってくれ……」。だが男子学生の存在に気づくわけもなく、救急車は急性アルコール中毒患者だけを乗せて非情にも走り去る。「もうだめか」。死力を振り絞って部屋の中で匍匐《ほふく》前進を続ける男子学生。とうとう指先に冷たい瓶の感触が！　助かったよ、これでもう大丈夫だ！

そこでナレーション。「生死を分けるその三粒。風邪に○○（↑薬の名前）」

CM制作会社からの連絡を座して待つ。

ワイドショーはかくありたい

　全テレビ番組の中で、一番好きなものを挙げろと言われたら、私は迷わず「ザ・ワイド」と答える。

　私の午前中は、「ザ・ワイド」の放送時間に合わせて予定が組んである。時計が一時半を指すと、私はとたんにそわそわする。「昼前の仕事はこのくらいにしといてやるか」。だれにともなくつぶやいて、さっさとパソコンの電源を落とし、昼食を摂りながらテレビ鑑賞。軽いウォーミングアップがわりに「新・愛の嵐《あらし》」を眺めつつ、『ザ・ワイド』の今日のトップニュースはなにかしら」と、あれこれ予想。期待に高まる胸に飯粒もつまりがちだ。「ザ・ワイド」のない土日の昼食は、私にとって通夜《つや》の席に等しい。

　「ザ・ワイド」の何がそんなに私を惹《ひ》きつけるかと言えば、やはり第一にレギュラー・コメンテーターの有田芳生《よしふ》氏の魅力だ。

つるりとした青白い顔に眼鏡をかけ、物静かな感じの有田氏。しかしその眼光は鋭い。彼は、政治家の汚職から小さな町の殺人事件、はては愛らしき動物紹介トピックスにまで、独自に入手した「関係者の話」を引用しながら、硬派なコメントを下す。

その人脈の幅広さと言ったら、「日本国民の八割は有田氏の放った密偵なのでは？」と思われるほどだ（私はひそかに彼のことを、「ジャーナリズム界の鬼平」と呼んでいる）。有田氏は情報網を、不空羂索観音《ふくうけんじやくかんのん》（鳥獣を捕るための道具で、すべての衆生《しゆじよう》をもらさず救いとってくれるありがたい観音様）なみにぬかりなく張り巡らせているらしい。彼が取り交わす年賀状は、さぞかし膨大な量になることだろうと推測する。

そんな有田氏だが、決して真面目《まじめ》一方の人ではない。

「さて、今日はなんの日でしょう。有田さん、おわかりですか？」

「……ドラえもんの誕生日、ですか？」（ちょっと頰を赤らめて答える有田氏）

「おお、ご存じでしたか！」

出演者は微笑みながらどよめき、テレビの前では視聴者が、硬派な有田氏から「ドラえもん」という言葉が出たことに心なごませる。

「ザ・ワイド」のもう一つの魅力は、この和気あいあいムードだ。それは、司会者の草野仁氏の人柄に負うところが大きい。ボディビルで鍛え上げた肉体をマイルドなスーツに包み、穏やかに番組を進行させる草野さん。

私生活での草野さんは、もしかしたら横の物を縦にもせず、作務衣《さむえ》を着て卓袱台《ちゃぶだい》の前にどっかと腰を下ろし、「百合絵《ゆりえ》（いま勝手に考えた草野さんの娘の名）、ここに座りなさい。お父さんは、おまえがあんな茶色い髪をした軟弱な男とつきあうことは断じて許さんぞ」などと説教を垂れてしまう頑固オヤジなのかもしれない。

しかし、スタジオでの草野さんを見る限り、でしゃばったり声を荒げたりすることもなく、ゲストの人たちの話をきっちりと聞く誠実そうな人である。そんな草野さんが、残虐《ざんぎゃく》な事件を伝える際に見せる控えめだが激しい義憤ぶりが、これまた視聴者に、「ホントに酷《ひど》い事件だよねえ、草野さん」と共感の念を抱かせるのだ。

この硬派かつほんわかムードかつ良識派の「ザ・ワイド」が、少し緊張の色合いを見せるのは、話が皇室関係に及んだときだ。皇室の話題が出るたびに（「ザ・ワイド」は皇室ネタが多い）、私の心拍数は上がり、掌《てのひら》は汗に濡《ぬ》れる。今日こそ、草野さんと有田氏がとっくみあいの喧嘩《けんか》を始めてしまうのではないか？（有田芳生《よしふ》の「よしふ」はヨシフ・スターリンの「よしふ」）

天皇制と共産主義が棲《す》み分け（？）できるのかどうかは、ワイドショーが取り上げるテーマとしてはあまりにも重すぎる。しかし、そんな私の危惧《きぐ》をよそに、草野さんは無難なゲストにコメントを求め、主義主張のぶつかりあいは毎回穏便に回避される。私はそのたびに、ホッと胸をなで下ろす。草野さんと有田氏の、無言のうちに役割を割り振る篤《あつ》き信頼関係も、「ザ・ワイド」の魅力の一つとして心のメモに加えたい。よかった、「ザ・ワイド」が「朝まで生テレビ!」じゃなくて!

こうして私は、午後の仕事への活力を手に入れるのだ。

思い出ホロホロ

「週刊新潮」での連載期間中、読者の方からの反響が一番あったのが、この「ザ・ワイド」の回かもしれない。有田氏、草野氏のファンが多いことを実感した。

そしてなんと、有田芳生さんご本人からも、ご丁寧なお葉書をいただいたのだった。柿《かき》の絵柄の葉書であった。恐縮して手汗で葉書がふやけた。しかし、事態はさらに思わぬ方向へ進んだ。実際に有田さんとお会いすることに……! 栄養士さん向けの専門雑誌の対談相手として、有田さんが私を指名してくださったのだ。

対談場所であるお寿司屋《すしや》さんにやってきた有田さんは、画面から伝わってくるとおりの人柄だった。私は感動と緊張でまたしても大量の手汗をかき、君は寿司屋でおにぎりを握る気なのか？　という勢いだった。私は声を大にして言いたい。「有田さんファンのみなさん！　私たちはいい男に惚《ほ》れましたぞ！」と。

有田さんによると、草野さん（アオキのＣＭに出演している）はいつも本当にアオキのスーツを着ているそうで、私はますます声を大にして言いたい。「なんていい人なんだ、草野さん！　これからも『ザ・ワイド』を見続けますぞ！」と。

「一夏の恋」楽園計画

友人Gと私は、沖縄の某離島へバカンスに出かけた。

普段生活している自室よりも広い、リゾートホテルのゴージャスな部屋。きらめく太陽。どこまでも透き通って青い海。うら若き（？）乙女二人が、多少開放的な気分になったとて、いったい誰がそれを責められようか。

急な時化《しけ》に小船は流され、漂着した無人島で、私は精悍《せいかん》な海の男と一夏の恋に落ちるのであった……なんてことになっちゃったりして。ああん、なんだか恋の予感がするざんす。ぐひひ。

しかしもちろん物事は、悲しむべきことに私の目論見《もくろみ》とは逆の方向に進んでいくのである。事件は、早くも第一日目の昼から起こった。

Gと私は、きゃっきゃと笑いさんざめきながら、青い海へと突入していった。特売で購入したシュノーケルをつけ、魚を観察しつつ水死体のように波間に漂う。すると、

「こんにちは」と爽《さわ》やかな挨拶《あいさつ》をよこす男が一人。

なんだなんだ、海に入ってまだ五分とたたないのに、もうナンパか？　怪訝《けげん》に思いながらも水から顔を上げると、日焼けした肌に白く光る歯がキラリと映える若き海の男が、私たちのほうを見ていた。おやおや、早くも海男《うみお》との出会いが訪れたのかしら？　内心でほくそ笑む私をよそに、波をかきわけて歩み寄ってきた彼は言った。

「今日みたいに天気がよくて波のない日は、沖に出てシュノーケリングをするといいですよ。熱帯魚がわんさか見られます」

ナンパなわけがなかった。彼は、リゾートホテルに雇われたマリンスポーツのインストラクターだったのだ。海男は弁舌巧みに、私たちを海の中に広がる楽園へいざなう。自意識過剰な己れを恥じながら、私たちはその場はいちおう、ふんふんと彼のセールストークに耳を傾けておいた。

熱心に営業活動をした彼は、「じゃ、気が向いたらぜひシュノーケリング講座に参加してくださいね」と、ココナッツミルクの甘いにおい（サンオイルかしらね、ふがふが）を残して去っていく。

はあ、絵に描いたような夏の海の男よのう。私は嘆息しつつ彼を見送った。すると、そんな私に目をやったGが突如、浜辺中に響くような大声で笑い出したではないか。

を忘れた。

「な、なになに。なにがそんなにおかしいの」

「ひー、ひぶぶ、ぶへ」

Gは笑いすぎて言葉にならないおかしな音を発しつつ、震える指先で私の胸元を指した。それを追って自分の胸に視線を落とした私は、「ギョギッ」と、これまた人語を忘れた。

乳パッドが水着からはみ出てるよ！

この軟弱な乳パッドめは、水の浮力に耐えきれず、ちょっと泳いだだけで水着の胸元から顔を出しやがったのだ。どうりで、ちらりと私を見た海男が、なんとも微妙な表情をしたわけだ。その時の彼の表情をあえて形容するなら、「深夜の神社で神主と下働きの男が睦《むつ》みあっているのを通りすがりに目撃してしまい、しかし見て見ぬふりを決め込んだ感じ」とでも言えようか。海男の顔面の筋肉にはたしかに、禁忌に抵触する行いに直面した人間の、「気恥ずかしさと気まずさを混合した感情」が、如実《にょじつ》に表れていた。

私は、ふよふよと波に漂う乳パッドをむしりとった。海男にこの偽乳《にせちち》を見られたのは間違いない。

正体を知られた鶴《つる》女房の気持ちを、これほど実感できたことはかつてなかった。今なら私は、どんな名女優にも負けない気迫で「おつう」役を演じきれることだろう。

だがGは、そんな切ない女心をまったく忖度《そんたく》することなく、ギャヒヒヒ、と涙目になるほど笑い転げたのであった。

「G、私はシュノーケリング講座になんて絶対参加しないからね」

「えー？　なんで。綺麗《きれい》な魚がいっぱい見られるんだよ？」

「私は恥ずかしいモノを海男に見られたんだよ！　そんな男と一緒に呑気《のんき》にお魚なんて見てられるわけないでしょ！」

私の「一夏の恋」計画は早くも暗礁《あんしょう》に乗り上げた。だが恐ろしいことに、海男と私たちとの因縁は、それだけでは終わらなかったのだ……。（以下次号）

なにしに海まで行ったやら

（前回のあらすじ）沖縄の離島でのバカンスを敢行した友人Gと私は、たくましき海の男との「一夏の恋」を夢見ながら、波間を漂った。ところが、青い海に浸《つ》かって五分と経《た》たぬうちに、私は痛恨の一撃を喰らう。シュノーケリング講座への参加を呼びかけてきた海男《うみお》（黒々と日焼けした逆三角体型の、マリンスポーツならなんでもござれ的爽やかくん）に、我が水着から顔を出した乳パッドを見られてしまったのだ。正体を知られたからには、おつうはもうあなたのお嫁さんにはなれません。私の「一夏の恋」作戦は始動する前に撃墜され、おつうは鶴《つる》になって山の彼方《かなた》へ飛び立ち、人魚姫は海の泡と消えてしまったのでした……。（あらすじ終わり）

翌日、もう二度と海男となんて顔を合わせたくないやい、と頑固にシュノーケリング講座参加を拒む私を置いて、Gは沖に出た。そして二時間後。戻ってきたGは、なんだか無口で顔色が冴《さ》えなかった。

「どうだった？　魚はいっぱいいた？」

「うん……」

言葉を濁すGに、これは何かあったな、とピンときた私は、「ねえねえ、どうしたの？」としつこく食い下がる。Gはようやく、重い口を開いた。

「魚と思う存分戯《たわむ》れて、私は船に上がったのよ。そうしたら、私を見た海男がくるりと後ろを振り返って、なにやらゴソゴソしているの。船にはお茶が用意してあると言ってたから、それを出してくれるのかな、と思っていたら、こっちを向き直った彼はティッシュの箱を持っていて、『鼻水垂れてマス』って爽やかに一言」

「ぎゃははは」

「しかも私が垂らしてたのは、水ッパナじゃなくて、白っぽい鼻水だったのよ！　それも大量に！」

「ひぇひぇひぇ。海男に体液を見られちゃったんだ！　そりゃ恥ずかしいわ〜」

因果は巡るとはこのことばかりに、私はGの失態を笑ってやった。しかしGは憤然と反論する。

「体液って言わないでよ！　ただの鼻水なんだから。あんたなんて偽乳（乳パッドのこと）を見られたくせに！」

「そうさ、偽乳さ。裸を見られたわけじゃないもんねー、だ。やはり体内で分泌《ぶんぴつ》されたものを見られるほうが、恥ずかしいでしょ」

「ふん、海に潜れば鼻水も出る。それは自然なことよ。それで言うなら、見栄《みえ》を張って入れておいた乳パッドを見られるほうが数段恥ずかしいわ。それぐらいなら、生乳を見られたほうがまだマシよ」

「ぬぬぅ、そう言われてみればそんな気もする……」

どちらにしろ、乳パッドと鼻水（しかも白っぽい）を見られた私たちは、今後どのようにあがいても、海男と恋には落ちられないだろう。リゾートホテルの他の泊まり客は、ほとんど出来上がっちゃったカップルばかり。数少ない「単体の男」であった海男の前で、私たちはそろいもそろって、あまりにも手痛い失敗を犯してしまったのだった。

「もう取り返しがつかないよ」

「この夏も、『恋の思い出』がないままに終わるのね……」

「ははは、分不相応な夢なんて見なければ、ここまで打ちのめされずともすんだのにさ」

「冷静に考えてみれば、偽乳や鼻水を目撃されなかったとしても、私たちが爽やかな海の男と恋に落ちられるわけもなかったんだよ」

ああ、夕日が海に沈んでいくよ。空と海が一つになっていく。あれは永遠（に縁に見放された私たち）の象徴なんだね……。ちょっくらランボーを気取ってみたが、くそぅ、涙に霞《かす》む眼には、太陽がことさら大きく眩《まぶ》しく見えるぜ。

それからは、海男と顔を合わせることがないよう、浜辺でも細心の注意を払った。視界に黒いものがよぎるたびにパラソルの陰に隠れる、という密入国者なみの用心ぶり。恋に落ちる予定だった男とスパイ大作戦ごっこを演じなければならないとは、なんて悲しい運命なのだ。私たちは海から足が遠のきがちになり、結局、ホテルの部屋で家にいるときの三倍ぐらいテレビを見て過ごしてしまった。

ほのかな傷心を抱えて帰宅した私に、母は言った。

「あら、あんたなんだか薄汚れてるわよ。ちゃんと顔を洗ってた？」

日焼けだっつうの！

思い出ホロホロ

Gは、こんがりと美しい焼き色に仕上がった。彼女は、「バカンスに来たからには、適度な日焼けは絶対に必要よ!」と主張する。

「休みが明けて職場に戻ったときに、『南の島に行ってきたんだ』ってことを同僚に明確に示す方法は、日焼け以外にないわ!」

なるほど。「あいつ、休暇を取ったくせに色白のままだぜ。家でだらだらしてたんだろうな」などと思われては、たしかに悔しい(実際はホテルでテレビを見ていたとしても、だ)。

私の日焼けが中途半端《はんぱ》なものに終わった原因は、日焼け止めを塗る面積があまりに広大で、こまめに塗り直すのに途中で嫌気がさしたことにある。もうちょっとコンパクトな体型になりたいものだ。

資格ありて技術なし

私の住む町は、道が細くて坂道が多い。自分で車を運転すると、必ずと言っていいほど道路標識にぶつかったりガードレールにこすったりする。そのたびに、私が取得したのはなんの免許だったのかなと、免許証を取り出して思わず確かめてしまう。我が免許の「種類」の欄には、「普通」と書いてある。これってホントに「普通自動車」のことなのかしら。「普通自転車」の間違いじゃなくって？

己れの技量の未熟さに恐れをなした私は、東京都公安委員会から交付された「殺しのライセンス」を自主的に封印した。よって、五年間一度も車を運転しないうちに免許更新だ。これまでの人生の中で一番高い買い物だった運転免許を活用するチャンスが、ビデオ屋の会員になるときぐらいしかないなんて。闇《やみ》ルートで買ったパスポートで新天地に渡り、生まれ変わったつもりで頑張るぞと誓ったのに、マフィアの抗争に巻き込まれて路地のゴミ置き場で野垂れ死に、といった感がある。

だから、タクシーに乗るたびに、運転手さんの運転技術に驚かされる。「おばさんの運転する若葉マークつきの車」という、ヒビの入った原子力発電所なみに危険な物体とも、運転手さんは見事なハンドルさばきで難なくすれ違ってみせる。「こんなに狭い道で、よくもまあ」と私はいつも感嘆するのだが、運転手さんは、「こちとらプロなんだから、当たり前だい」といたってクールだ（しかし、「私が轢《ひ》かれそうになった車」ベストスリーが、①タクシー、②おばさんの運転するトヨタ車、③おばさんの運転するベンツ、ということも忘れてはならない。このランキングの背景を考えるに、①は、「運転技術に自信があるがゆえに、ギリギリまで歩行者に接近することを辞さないから」、②は、「走っている台数が多いから」、③は、「鉄人28号をおばさんが操縦するのはだれがどう考えても危険だよ！　頼むからだれか止めてくれ！」だと思われる。③の背景説明が説明にならず、悲痛な叫びになってしまったことをお詫《わ》びします）。

そういうわけで、私はタクシーに乗った際には、運転手さんと運転技術について語り合うことが多い。彼らはだいたい、運転技術の向上は「慣れ」が大きいよと言うが、私はそれは違うのではないかと思う。タクシーの運転手さんは、免許取りたてのころから、運転を苦と思ったことはない、という人が多い。これは言い換えれば、持って生まれた才能を、さらに磨くために努力することが苦ではない、ということだ。何事においても、才能を磨き続ける才能がある、ということが、プロとしてやっていくための唯一《ゆいいつ》の資格と言っていいのではないか。彼らの話を聞くたびに、私はそう思うのだ。

そんな話をしていると、彼らは私を奮起させるために、「いやあ、俺だって昔っからタクシーの運転手だったわけじゃないよ」と、前職について語ってくれることがある。

先日乗ったタクシーの運転手さんは、以前は仕立て服の生地を販売していたそうだ。

「今はお金持ちも服をあつらえることはしなくなっちゃったからねえ。それでタクシーの運転手に転職したんだよ」

「オーダーメイドの服なんて、素敵ですねえ。鹿鳴館《ろくめいかん》に行く貴婦人って感じです」

「実際はそんなに優雅なもんじゃない、ない。上流階級の人たちってのは、はっきりいって太ってるんだよ。すごく太ってんの」(と、彼はハンドルから手を離して、運転席からはみ出るほど腕を広げてみせる)

「生地をいっぱい使うから、商売的にはいいじゃないですか」

「まあねえ。でも、デザイナーはいやだったと思うよ。いま日本で大御所と言われるデザイナーも、昔はみんなそういう注文の仕立て服を作っていた人たちだけどさ。お客さんはどれもこれも、デザインもなにもないぐらい太ってんだから。ありゃあ、作りがいがなかったよね。ところで、前の車との車間距離、いまどれぐらいあるかわかる？」

「……五メートル」

「十メートル以上あるよ。うん、あなたやっぱり、運転はやめておきなさい」

東京都公安委員会よ、免許を返納するから金返してくれ！

思い出ホロホロ

ある運転手さんは、乗って一分も経たないうちに、「お客さん、結婚してます？　あ、まだなんだ。結婚なんてしないほうがいいよ。親が泣くよ。私は泣きましたね。娘がこのあいだ結婚したんだけど、『両親への手紙と花束贈呈』っていうのがあるでしょ。あれでもうウルウルッときちゃいまして。あの儀式はだれが考えたものなんですかねえ。あんなの反則だ。泣けてきちゃいますよ、やっぱり」と言った。

「ゴンドラというのを見てみたいんですよね。運転手さんは見たことありますか？」

「ああ、一回だけありますよ。あれはいいね。おかしくて涙が出ます。お客さんも、親御さんのためにゴンドラに乗るといい。どうせなら笑い涙を流してもらったほうがいいもんね」

私たちはひとしきり、結婚式について語り合った。タクシーを下りる段になって、彼は、

「私にはもう一人、娘がいるんですが、演歌歌手なんですよ。カラオケにも二曲ぐらい入ってるから、今度歌ってやってください」

と宣伝してきた。でも私はそのとき酔っ払っていたので、娘さんの芸名をどうしても思い出せない。

おかげで昼飯代がなくなった

そういうわけで（どういうわけだ）、東京都公安委員会から交付された「殺しのライセンス」（運転免許証）の書き替えをするために、最寄りの警察署に行った。

免許の更新時期が近づくと、「そろそろでっせ」と通知のハガキが来る。私は警察署に行く前に、そのハガキを熟読した。そこには、「更新手数料二二五〇円　経由料六〇〇円　特別講習料」と書いてあった（と思う）。と思う、と書いたのは、ハガキは更新手続きをする際に窓口に渡してしまったので、今はもう実物が手元にないからだ。

経由料というのは、出張中などで最寄りの警察署に行けない人が払うものだろう。私には関係なさそうだ。では、特別講習料というのはなんだろう、とちょっと思ったのだが、その疑問はすぐに忘れてしまった。特別講習料の具体的な金額がどこにも書かれていなかったので印象に薄く、自分は優良ドライバーだという驕《おご》りもあって（なにせ五年間一度も車を運転していないから、違反を犯しようがない）、さらりと読み流してしまったのだ。

　さて、警察署の更新手続き場所に行くと、まずは自動販売機で更新手数料分の収入印紙を購入せねばならない。私の頭には、「更新手数料二二五〇円」があったから、千円札三枚をミョーッと機械に入れた。すると、切手（収入印紙だってば）が一枚と、五十円玉一個がころりと排出された。

「なんでやねん！　釣りは七五〇円のはずだろ！　おいらの七〇〇円を返せ！」

と、機械に殴りかかろうとしたところで、貼《は》り紙に気づく。

「更新手数料二九五〇円」

は？　私は目を疑った。たしかにハガキには「更新手数料二二五〇円」と書いてあったはず。まさか……。

まだ気づかない私は、窓口に書類を提出する際に、そこにいた係の人に聞いた。

「あの……、更新手数料は値上げになったんですか？」

今度は係の人が、「は？」と言う番だった。

「いいえ。値上げになんてなってませんけど」

「ハガキには更新手数料は二二五〇円って書いてあったんですが……」

「そうですか？　とにかく二九五〇円ですよ」

なにをゴチャゴチャ言いやがるか、忙しいんだよ、こちとら、という感じにあしらわれ、釈然としない気持ちを抱きながらも官憲の権力の前にすごすごと引き下がる。

三〇分間の講習（ビデオを見て、やる気ない感じのおまわりさんの話を聞く）を受け、家に帰って警視庁のホームページを開いた私は、ようやく明確に事態を把握することができた。

つまり、二九五〇円の内訳は、更新手数料二二五〇円＋講習料七〇〇円だったのだ！　早く気づけよ、と自分でも思うが、しかし案内ハガキも自動販売機の貼り紙も、あまりにも不親切すぎやしないか。

まず、ハガキには具体的な講習料の値段がどこにも書いてなかった。違反の点数によって講習料が違うので、いちいちハガキを刷り分けるのも面倒、ということなのかもしれないが、それなら「優良の人はいくら、一般の人はいくら」と講習料を一覧にするべきだろう。ハガキを見ただけでは、手数料＋講習料で総額いくら必要なのか、ぜんっぜんわからないのだ。さらに貼り紙も、「更新手数料二九五〇円」となんの断りもなく、勝手に手数料と講習料を合計しちゃってるが、ここに「(講習料七〇〇円が含まれます)」と但《ただ》し書きをしておいてくれても、バチは当たるまいよ。

不況だ不況だと言われているが、いきなり七〇〇円もの使途不明金を徴収されても、みんな不審に思わないとは、ずいぶん太っ腹な人が多い。だいたいの人はすぐに、「あ、この差額は講習料だな」と気づくのだろうけれど、現に私のように「なんでハガキに書いてある手数料より値上がりしてんの？」と首を傾《かし》げる人間もいるのだ（ゴキブリは一匹見かけたらその三十倍はいると思え、との至言もある）。手続きに総額いくら必要なのかもはっきりしないような案内ハガキを送ってくるのは、やめてもらいたいものである。ぷんすか。

思い出ホロホロ

次の免許更新の際にも案内ハガキに改善の跡が見られなかったら、私は、手紙・電話・メール・FAX・モールス信号・狼煙《のろし》などなど、ありとあらゆる伝達手段を駆使して、警視庁に断固抗議することをここに誓う。

名作に驚きの事実発覚

　こんにちは。先日、一緒に飲んでいた人が、『機動戦士ガンダム』(俗に言うファーストガンダム)の物語を、「右も左もわからない主人公ががむしゃらに頑張り、最後についに、僕には帰る場所があったんだ、と気づく話」とまとめたのだが、これ以上簡にして要を得たまとめもあるまい、と私は目から鱗《うろこ》が二、三枚落ちた。

　それを隣で聞いていたMちゃんが、

「え、でもガンダムってロボットですよね？　帰る場所を云々《うんぬん》するようなロボットなんですか、ガンダムは」

　と言ったので、私は、「そうか！　私の中ではガンダムって、朝に人と会ったらおはようを言いましょう、という習慣と同じぐらい体に染《し》み込んだアニメだけど、それは私がオタクだからで、私より年下の二十歳そこそこの女の子にとっては、常識でもなんでもないんだな」と、これまた目から鱗が百枚ぐらい落ちた。

そこで、今も熱狂的ファンを持つ名作アニメ『ガンダム』について、Mちゃんに説明することにした。

「いやいや、ガンダムはロボットで合ってるよ。でも、主人公はアムロ・レイという悩める少年なのさ」

一緒に飲んでいた男性諸氏も、ガンダム基礎知識をMちゃんに伝授する。

「アムロが乗るロボットが、ガンダムなんだよ」

「えっ！　ガンダムって人が乗れるんですか！」

と驚くMちゃん。

「うん。中に乗り込んで操縦するんだよ」

「ちなみにガンダムのことをロボットとは言わない。あたかも衣裳《いしよう》を着て自由に手足を動かすがごとし、という意味合いをこめて、モビルスーツと総称される」

「『ガンダム』の世界では、人間の乗ったモビルスーツが、宇宙で戦争するのだ」

私たちが次々に繰り出す説明に、Mちゃんは「へえ」と目を白黒させた。

日本はアニメ大国と言われ、世界中のオタクたちから熱き視線を送られているそうだが、それはあくまでオタクの世界でのことだったのね。私なんて、ガンダムの主題歌のみならずエンディングテーマも歌えるってのに、私と同じ町内に住むMちゃんは、アムロの存在すら知らなかったのだから。自分の中での常識を世の常識と思うな、という言葉を、改めて噛《か》みしめねばなるまい。

それにしても実際、どれぐらいの人が『ガンダム』を見たことがある（または、だいたいのストーリーを知っている）のだろう。私の感触では、現在二十代半ば〜三十代後半で、子どものころに日本に住んでいた人（特に男性）は、なんらかの形で『ガンダム』という作品に触れたことがあると思われる。その人たちの親も、子どもと一緒にアニメを見たり、「プラモデル買って！」とねだられて困惑したりと、『ガンダム』の存在を把握できていそうだ。

しかし、それ以上の年代、もしくはそれ以下の年代については、ガンダム浸透度がどれほどのものなのか、私には見当もつかない。国勢調査で家族構成を聞くついでに、こういうことも調べてくれればいいのに、と思う（無機質な調査に彩《いろど》りが加わって、おもしろそうだから）。全国で一番高齢なのは高知県の高杉はるさん（百二十五歳）、『ガンダム』のストーリーを知る最高齢の人は、福島県の田所源造さん（九十八歳）って感じに。こういう調査なら、世代間の会話も弾むというものだ。

ところで、冒頭に挙げた『ガンダム』についての要約文は、どんな話でもそれなりにまとめてしまう魔法の要約文であることが判明した。

たとえばこれを『キャンディ・キャンディ』に当てはめると、「右も左もわからない主人公ががむしゃらに頑張り、最後についに、王の上の王子様はアルバートさんだったんだ、と気づく話」となるし、『走れメロス』だと、「右も左もわからない主人公ががむしゃらに頑張り、最後についに、しまった！　俺ったら裸だよ、と気づく話」ということになる。

いろいろと要約してみて気づいたのだが、名作と呼ばれる物語の主人公には、右も左もわからない人がやけに多い。その純粋さが人々の胸を打つ……のか？

思い出ホロホロ

他にたとえば、夏目漱石《そうせき》の『こころ』だと、「右も左もわからない主人公ががむしゃらに頑張り、最後についに、ええっ、この遺書の内容、門外不出にしないといけないの？　先生との思い出話をここまで書きつづってきたのに、今さらそりゃないよなあ、と気づく話」となるし、中島敦《あつし》の『山月記』だと、「右も左もわからない（というか、わからなくなった）主人公ががむしゃらに頑張り、最後についに、虎《とら》って字が書けないもんなあ。こうなったら、いっちょ月に吠《ほ》えておくしかあるまい、と気づく話」となる。……なにかが大幅に間違っているような気もする。

黒白《こくびゃく》の世界

近ごろチビッコたちの間で囲碁が流行中らしい。私も以前から囲碁に憧《あこが》れの気持ちを抱いてはいたのだが、どう頑張っても、自分の勝ち負けを盤面から判定できそうにない。

そこで最近の私は、囲碁と同じく黒白の世界ではあるが、石の数が少ないぶんだけ、まだ取っつきやすいと思われるオセロに熱中している。だれかと盤面を挟んでやるのではなく、インターネット上で無料でできるオセロゲームを、コンピューター相手に楽しむのだ。またなんだか一人で黙々と楽しめる趣味が増えちまったなと、ほとほと自分がいやになるが仕方がない。今さら、「趣味は休日に友人たちと河原でするバーベキュー」とかいう人間には、なりようがないのだから。

さて、オセロに熱中してみてわかったのだが、私は異常に弱い。コンピューターがどれほどの強さに設定されているのか、いまいち定かでないのだが、気がつくと六十二対二で負けていたりする。二って……一番最初の持ちゴマの分しか維持できなかったってことやんけ。真っ白（もしくは真っ黒）になった盤面に、ポツポツと黒目（もしくは白目）のように二つだけ残った自分のコマを見ると、さすがに呆然《ぼうぜん》としてしまう。

この弱さはただごとではない、と思い、オセロ攻略サイトをまわってみた。そして初めて、オセロにも「定石」というものが存在することを知る。将棋や囲碁のみならず、オセロにも置き方のパターンがあったのか！

とてもじゃないが覚えきれない数の定石が紹介されていたので、記憶するのはさっさと諦《あきら》め、やっぱり勝手に打つことにした。

私はものすごい早打ちだ。相手のコマを沢山ひっくり返せる場所に、躊躇《ちゅうちょ》せずにパッパと打っていく。カッコよく言えば「今を生きる」戦法、言葉を選ばずに言えば、「脊髄《せきずい》反射で生きる」戦法だ。だから、たまにコンピューターが五秒ほど考えこんだりしようものなら、

「おらおら、さっさと次を打たんかい。機械のくせにいっちょまえに思考しよってからに。わいがなんにも考えんで打っとるっちゅうのに、機械のおまえが余計な気ぃまわしてなんとする」

と、画面に向かってしきりに急《せ》かす。対戦相手（コンピューターだけど）が五秒考えるのすら許せないのだ。

こんな調子でゲームしていて、強くなれるわけがない。中盤戦では、「将軍様の天領は四百万石だぜ」ぐらいに領地を広げて鼻高々になっていたのに、いつのまにか、「ここ数年、茶を飲んだこともねえだ」レベルまで転落してゲーム終了を迎える羽目になる。

それでも懲《こ》りずにオセロをしつづけていたら、読書していてもオセロ遊びがちらつくようになってしまった。テトリスというゲームをやったことのある人なら、寝ようとして目をつぶると、落下してくるブロックが脳裏にまざまざと浮かんだ経験があるだろう。同じような現象が、オセロによって引き起こされた。

活字の文章はかっちりと一行の文字数が決まっていて、なおかつ段落の最初や最後に空白が生じる。すると、オセロ中毒者の目は自然に、ひらがなを白いコマ、漢字を黒いコマに見立てて、ページ上でゲームを展開してしまうのだ。

「それで犯人はだれなんだ」

と、ミステリに夢中になっているはずの意識の隅で、私の中のオセロ神が、活字の空白部分に勝手にひらがなや漢字を入れ、挟み込んだひらがなを漢字に、漢字をひらがなに、パタパタと変換していく。「文章の意味を追おうとする意識」の上に、「文字列でオセロをしようとする意識」が二重写しのように割りこんでくる感じ。気が散ることこのうえない。

おそろしい病にかかってしまった。やはり、最長六時間もパソコンに向かってオセロに興じたのがいけなかったのか。なんといっても一番おそろしいのは、一日平均二時間もコンピューターと対戦しつづけたのに、ちっとも腕が上がらない自分のオセロセンスのなさだが。

しかし私は先へ進む。明日ついに、卓上ゲームの最高峰、麻雀《マージャン》を教えてもらう予定なのだ。ルールを理解できたら、次回、顚末《てんまつ》を報告する。

東風《こち》吹かば

近所の友人K宅にて、Kの家族を無理やり巻きこんだ麻雀大会が開催された。卓を囲むのは、K、K母、弟くん、私である。私の後ろにはK父が参謀として控えてくれる。

私はなにしろ牌《パイ》に触るのも初めてだから、最初に十七個の牌を二段重ねにして並べるのにも手間取る。みんながスタンバイして待っているのに、こっちはまだ、ざらざらと崩れる牌にてんてこ舞いだ。焦《あせ》りで掌《てのひら》にいやな汗をかき、なんだか牌がぬめってきた気がする。いかんいかん。内心の動揺と掌の汗腺《かんせん》が直結していては、いい勝負師にはなれぬ。

最初なので、役やリーチや点数などは無視して、とりあえず流れを教えてもらうことになった。親を決め（「東風《とんぷう》」「南風《なんぷう》」などの名称から大陸の浪漫の風を感じ、私は陶然となった。「気分はもう馬賊」って感じだ）、さあゲーム開始だ。

まったく麻雀を知らない方に、数日前に麻雀のほんの入り口をかじった私が僭越《せんえつ》ながら説明を試みてみるとこうなる。

卓を囲んだ四人は、おのおの十三個の手持ちの牌がある。それとは別に真ん中に伏せて並べられた牌の中から、順番に一個ずつ引いては、自分の手持ちの牌が上がれる組み合わせになるよう、いらない手持ち牌を一個ずつ捨てていく。他の人が捨てた牌が自分にとって必要な牌だったら、「ポン」とか「チー」とか言って（鳴いて）、それを自分のものにすることもできる。

他にもいろいろ複雑な決まり事があるようだが、今回の麻雀大会ではリーチについて考慮しなくていいので、鳴き放題である。とにかく、自分の手持ち牌をいかに早く美しい完成形にして上がるか、だけに集中すればいい。

しかし初心者にとっては、まず牌の柄《がら》を読みとるのが一苦労だ。ピンズ（団子のような柄の牌）も、いちいち団子の数を数えて、その牌が数字のいくつを指しているのか確認しないといけないし、ソーズ（描かれた竹の絵の本数で数字が示される）の八に至っては、頭がぐるぐるしてくると、数えるのも困難なほど複雑な形の絵柄だ。さらに私は、ゲームの流れを無視して、ついついお気に入りの柄を集めようとしてしまう。「曼陀羅《まんだら》」（ピンズの一）とか「鳳凰《ほうおう》」（ソーズの一）など、とても美しい柄なので、捨てるべき局面でも渋っていつまでも持っていようとする。そのたびに参謀であるK父が、「ほう、今だ。ほら、捨てないと」と背後で気を揉《も》むのであった。

他の人が捨てた牌をもらいたい時にも、自分の手持ち牌をさんざんためつすがめつしてから、「ポン！　です、たぶん」とか「チー……ですか？」とか言う。「ですか？」って自分のことだろ、はっきりせんかい！　と思うのだが、合ってるのか自信がないのでおずおずしてしまうのだ。「新宿の雀荘で実戦デビュー」はまだまだ遠い。

私の大好きな漫画に『哭《な》きの竜』（能條純一《のうじようじゆんいち》・竹書房）というのがあり、これによって私は「新宿の雀荘」への憧れを植えつけられた。その雀荘では壁にかけられた絵は実はマジックミラーになっていて、その向こうでヤ×ザが密談をし、雀士たちは命がけの熱い戦いを卓上で繰り広げるのである。

主人公の竜は鳴いて鳴いて鳴きまくる（人の捨て牌を取りまくる）から「哭きの竜」なのだが、私も竜なみに鳴いた！　麻雀を知らずにこの漫画を読んでいたころは、「他の人は自分の牌をズラッと並べてるのに、どうして竜さんだけ手持ちの牌が四個なわけ？」と思っていたのだが（答え：鳴いて取った牌でできた組み合わせ分は、手持ちの牌から外して脇《わき》によけておくからです）、今回は私も竜さんと同じぐらい少ない手持ち牌で勝負をかけたりした。そして鳴いて上がる。オセロに引き続き（前回参照)、脊髄反射でゲームを渡ろうとする。無法の風が、卓の上を吹き荒れた。しまいには調子こいて、「あンた、背中が煤《すす》けてるぜ」(竜さんの決めぜりふ)などと言い出す始末。まだ麻雀一回目で、役の一つも知らない(!)くせにずーずーしい。それでも心の広いK一家にあたたかくご指導ご鞭撻《べんたつ》いただき、麻雀の夜はなごやかに更《ふ》けていったのだった。

思い出ホロホロ

私の麻雀の腕前はこれっぽっちも上がっていない。役がぜんっぜん覚えられないのだ。点数計算なんて夢のまた夢。確実にオセロと同じ道筋をたどりつつある。

そういえば、習字もいくらお手本をにらんで臨んでも、「漢字文化圏じゃない人が無理やり書いた漢字」みたいになり、創作ダンスの振り付けもいくら教えてもらっても、一人だけ阿波《あわ》踊りみたいだった。と、麻雀とはまったく関係ない事柄まで思い起こしてはため息をつく日々だ。

五幕　火種は身近に転がっている

絶滅危惧《きぐ》単語

友人Gが、「メンチョウって知ってる?」と聞いてきた。

「知ってるよ」

と私は答え、掌《てのひら》で鼻のあたりを覆《おお》う。「これでしょう」

メンチョウ……額・鼻・口元など顔の中心部分にできるニキビのようなできもの。なんだか痛い。昔はこれが原因で死んじゃう人もいたらしい。

「ああー、あんたも知ってたか」

Gは嘆息した。「メンチョウって常識的に知っててておかしくない単語なのかな。私は知らなかったんだよね。それで、職場で私よりずっと若い子がフツーに知っていたから、ちょっとショックだったの」

「いやあ、どうかな。今は『メンチョウができちゃったよ!』と騒いでる人ってあんまり見かけないし、死語と言えば死語のような気もするね。その後輩の子はおばあちゃんっ子で、古い言葉をよく知っているのかも」

「そうかしら。私は今まで、自分の語彙《ごい》が少ないとは特に思わなかったんだけど、最近ちょっと不安になってきたわ。ねえ、じゃあチョンガーって知ってる？」

チョンガー……独身男性のこと。

「知ってるよ」

「……あんたもおばあちゃんっ子だったっけ？」

「いや、そうではない。私がチョンガーという言葉を知ったのは、割合最近、二十歳ぐらいの時のことよ」

「そんなに最近のことでもないじゃん（↑横浜弁）」

「黙って聞きたまえ。その時、私は横溝正史の小説を読んでいた。そうしたら、島の青年がチョンガーだったのだ。しかし、私には急に出てきたチョンガーという単語の意味が、どうしてもわからなかった。前後の文脈からもどうにも類推が不可能であった。呻吟《しんぎん》した私は、近くを通りかかった我が母親に意味を尋ね、ようやくチョンガーの実体を把握したというわけさ」

「そうよねえ。チョンガーは完全に死語よ。よかった、知らなくても恥ではないわよね」

だれかにチョンガーの意味を知らなかったことを笑われでもしたのだろうか。Gはしきりとうなずいた。

「まあ、私は独自に『死語復活運動』を推進中だから、『いやあ、まだチョンガーでしてね（「独身」ではあるが「男性」じゃないのに……）』とか、日常会話で使ってみたい気もするけどね」

と、私は言った。「他に私が勢いを取り戻させたいと思う言葉は、『よばれる』かな」

よばれる……縁側でひとしきりおしゃべりに興じた後、「ちょっと上がってお茶でも飲んでいったら」とその家の人に言われ、「えー、悪いわね。そんならちょっとよばれていきます」といそいそと草履《ぞうり》を脱いで縁側から座敷に上がりこむ、あの感じ。

「あー、よばれる。半ば死語だよね。気安く気軽によばれる場面が、今ではあんまりなくなっちゃったもんね」

「うん。だから私は、近所の友人に『ちょっとうちで飲んでいかない？』と誘われた時は、『こりゃ、ありがたい。よばれていきますわ』と言って家に上がるようにしてるの」

「ババくさいわねえ」

それがいいのだ。

言葉のジェネレーションギャップを打破しようと日々努力を重ねる私だが、先日、ちょぴっと衝撃の体験をした。

私はコンビニエンスストアでコピーをしたくて、千円札の両替をアルバイトの女の子に頼んだ。十代後半らしきその子の髪の毛は金ぴかで、もはや絶滅の危機に瀕《ひん》した山姥《やまんば》メイクだったが、はきはきと働く感じのいい店員だった。

彼女は十枚の百円玉を掌に筒状に乗せ、「ご確認くださぁい」と言って、「一二《いちに》三四《さんし》五《ご》、一二三四五」と硬貨を数えた。

私は一瞬虚を突かれた。素直に十まで数えればいいものを、なにゆえに五枚ずつ区切って数える？　それに私の感覚からすると、こういう場合は「二《にい》、四《しい》、六《ろお》、八《やあ》、十《とお》」で数えるほうが楽だし一般的だと思うのだが。

私の頭の中に二つの仮説が浮かんだ。
一、彼女は五以上の数を数えられない。
二、彼女は「二、四、六……」という数え方を知らない。
上の世代とのギャップを埋めるのに夢中になるあまり、下の世代との隔絶が広がってしまっていたとは、不覚なり！

こうして人は年を取っていく。

思い出ホロホロ

世論の力は過去のものになってしまったのか……！

最後の砦《とりで》だったNHKのアナウンサーまでが、「世論」を「よろん」と読みはじめたとき、私はテーブルにつっぷしておいおい泣いた。いや、これはちょっとおおげさな物言いだったか。だけど、おいおい泣きたいぐらいの衝撃を受けたのは事実だ。

「世論」の読みはあくまで「せろん」であってほしい。「よろん」という言葉には、本来「輿論」というれっきとした漢字が別にあるのだ。漢字検定取得を目指す頑固な老人のように、テレビに向かって文句をつける。

日和見《ひよりみ》主義のNHKアナウンサーめ、さっさと敵陣に投降しおって。戦いはまだ終わっていないぞ。私一人になっても、「世論」を「せろん」と読み続けてみせる。気分はもう、ジャングルにひそむゲリラ部隊だ。

絶滅寸前の漢字の読み方は、他にもある。「鬱陶しい」だ。これはどう考えても

「うっとうしい」のはずなのに、最近「うっとおしい」と表記したものが激増している。特に漫画のネーム（セリフ）に散見される。なんだこりゃ。「いとおしさがうっとうしいまでに高じた状態」を表す新しい言葉か？

私は「うっとおしい」に遭遇するたびに、編集部にお便りすべきか否《いな》か悩むのだが、結局いつも勇気が出ず、「今度だけは見逃してやらあ」と、そのままにしてしまう。とんだへなちょこゲリラ部隊だ。

ゴッド・マザー

小説を書くときに苦慮するのは、登場人物の名前だ。名前というのは、やはりその登場人物の性格などをある程度は象徴するものだ。だから、主役級の登場人物の名前は、うんうんうなって必死に考える。子どもを生む予定もさっぱりないのに、「赤ちゃんの名付けかた」の本も購入済みだ。名前に使えない漢字についても敏感になる。実際には役所で受け付けてもらえないよ、という漢字を使ってしまってはまずいからだ。

死力をつくして主人公を命名すると疲れてしまい、必然的に、脇役《わきやく》の名前は適当になってくる。「こいつはもう前田太郎でいいや」なんて、画数が多く凝《こ》った名前の主人公とは、歴然と系統が違う名前になってしまう（全国の前田太郎さん、すみません）。

こうして何十人と名付けていくと、自分好みの名前の傾向がわかる。私は「太」の字がつく名前が好きらしい。それから「郎」の字がつくのも好きだ。だから前述の「太郎」は、ものすごく好きな名前、ということになるのだが、小説の主人公の名としてはどこか手抜き感があふれてしまうのはなぜなのか。口惜《くちお》しいことである。

私は、自分がヘンテコな名前だからか、以前から人の名前にものすごく興味がある。

今でも印象に残っているのは、小学校の遠足の時に添乗員だった人の名前だ。

彼は一人《ひとり》さんといった。「かずと」じゃなくて「ひとり」。もちろん私は、「どうして『ひとり』なの？」と聞いた。彼は優しく微笑《ほほえ》んで答えた。

「人間はみんな一人だからだよ」

それは、「きみは世界でたった一人のきみ」みたいな前向きな感じでは全然なかった。「所詮《しょせん》、人間は孤独なものなのだ」というニュアンスであった。子どもながら、私は衝撃を受けた。今でも年に二回ぐらいは、「一人さんは今ごろどうしているだろう」と思いを馳《は》せるぐらいだ。

もしかするとあれが、私が生きてきた中で今のところ一番ドラマティックな異性との出会いかもしれない。旅の途中で印象的な名を持つ男性と知り合う。ハーレクイン小説みたいだ。きゃ。ま、「旅の途中」と言っても、小学校の遠足なんだけれど。小学生じゃなかったら、その場で一人さんにフォーリンラブだったことは間違いない。

印象的な名前といえば、他にも鷲尾悦也《わしおえつや》さんという人がいる。私は初めてこの名前を新聞で見たとき、「まあ、少女漫画のヒーローみたいな名前ね」と胸がときめいた。頭の中では即座に、「この人は新宿ホスト界の頂点に立つ、元華族の血筋の夜の帝王に違いない」と断定した（どんな人なんだ、そりゃ）。高貴さと艶《つや》っぽさを絶妙の塩《あん》梅《ばい》で配合した輝かしき名前だ。

しかし記事を読んでみたら、鷲尾氏は連合の会長（当時）だった。連合っていっても、「茅ヶ崎《ちがさき》爆走連合」とかじゃなく、「日本労働組合総連合会」だ。お、お堅い……。私は脳裏に浮かんだ「夜の帝王」という言葉にバッテン印をつけ、心で鷲尾氏に詫《わ》びた。

それにしても、一人さんも鷲尾悦也さんも、なにやら乙女心をくすぐる「物語」をはらんだ名前である。「鷲尾悦也」はきらきらしすぎるので、私の書く小説には残念ながらそぐわなそうだ。だがいつか、「一人《ひとり》」という名は使ってみたいものだ、と機会をうかがっている。私は実は、最後に「り」がつく名前も、割合好きなのだ。

それでずっと気になっているのが、浅野《あさの》内匠頭《たくみのかみ》の妻、阿久里《あぐり》だ。「あぐり」って、なんだかハイカラな名前じゃございませんこと？　江戸時代には女の子に普通に付ける名前だったのだろうか。いったいこの名前の由来がどこにあるのか、とても知りたいのだが、未《いま》だにわからない。まさか「アグリカルチャー」から取った名前じゃないよなあ。

こうして、名前研究に日夜励んでいるので、飼い犬の名前で迷ったときにはぜひご一報下さい（人間のお子さんについては、責任が持てません）。今のところ、手持ちの（？）名前の中で一押しなのは「門左衛門《もんざえもん》」だ。愛称「もんもん」。渋さとチャーミングさを併せ持つ、なかなか素敵な名前だと思うのだが、いかが？

思い出ホロホロ

この回について、「私の名も『あぐり』です」「昔、近所に住んでいたおばあさんの名前が『あぐり』だった」などの「耳よりあぐりさん情報」から、「姓名判断をしています。三浦さんが小説を書く際に、登場人物の名前で迷うことがあったらぜひご相談ください」というありがたいお申し出まで、読者の方から反響があった。

あぐりという名前の由来について、詳しく調べて教えてくださった方もいた。

そのお手紙によると、「あぐり」というのは鎌倉時代の文献にも登場するほど古くからある名前で、「女の子はもうこれ以上いらない。この子で女の子は最後にしたいものだ」という時につけられたらしい。「雨があがる」などと同じく、「止《や》む」「終わる」という意味で、「生みあがり」→「あぐり」というわけだそうだ。なーるほど！

私の祖母が子どものころには、「変わった名をつけると丈夫に育つ」と言われ、体の弱かった子に願いをこめて「あぐり」と命名した人がいたそうだ。「女の子はもういらない」という元々の意味は、そのころすでに廃《すた》れていたのだろう。

何百年も前からあるのに、かわいらしくて新鮮な響きのする、とてもいい名前である。

鋼鉄の意志

重い荷物を抱え、駅前からバスに乗った。車内は混み合い、席に座れないばかりか、吊革《つりかわ》にもつかまれない人も多くいる。私も荷物をぶら下げ、ひたすら己れのバランス感覚を鍛えることに専念する。

次は下りねばならぬ停留所。車内に案内のアナウンスが流れる。ぬをを、降車ボタンを押さなければ！　私は人体の柔軟性を極限まで試す心意気で、バスの天井にあるボタンを押した。その際、不安定な体勢を揺れにさらわれ、後ろの人の足を思い切り踏んづけてしまう。ヘコヘコと謝ってるうちに、バスが目的の停留所に到着。

そうしたらどうだ！　私の目の前に座って、降車ボタンを押すための我が悪戦苦闘ぶりをつぶさに眺めていたサラリーマン風のおじさんが、悠然と立ち上がったではないか。

おじさんは乗客をかきわけ、私よりも先にさっさとバスを下りていった。ちょ、ちょっと待てぃ！　あんたもここでバスを下りるくせに、どうして降車ボタンを押そうとしなかったのだ！　大荷物を抱えてボタンを押そうと奮闘する私をしり目に、石地蔵のように悠長に座ってるばかりとは、ふてぇ輩《やから》である。そこは当然君が、このバス停で下りる者を代表して、すぐさま降車ボタンを押すのが礼儀ではないのかね。私はぷんぷんしながら、おじさんの後に続いてバスを下りた。

いや、わかりますよ。下りるべきバス停のアナウンスが流れた時点で、すぐに降車ボタンを押すのがなんとなくためらわれる心情、というのも。俗に、「先に恋したほうが負け」と言うが、降車ボタンを押すタイミングも、それに似てなかなか難しい。すぐに押すのは、なんだかがっついているようではしたないし……と、お互いを牽制《けんせい》しあうムードが確かにある。

しかし、だれかが押してくれるのを漫然と待つだけでいいのか、と私はあのおじさんに問いただしたい。私など以前、だれかがボタンを押すだろうと思っていたらだれも押さなくて、次のバス停まで運ばれていっちゃったことがある。その時に痛感したのだ。自分の意志を他人に委《ゆだ》ねるなどという、怠慢な精神の在りようを恥じるべきであった、と。下りたいときには積極的に、ボタンを押すべし、押すべし！

以来、アナウンスが流れたら即座にパイーンとボタンを押すよう心がけてきたわけだが、どうすべきか判断に迷う場合もある。

子どもの存在だ。子どもってのはなぜか、バスの降車ボタンをものすごく押したがる。母親はのべつまくなしにボタンを押そうとする子どもを必死に制止し、「下りる所が来たら押していいから。それまで我慢よ」と言い聞かせる。そのやりとりを聞いて、私は非常に苦悩する。あの子と私の下りるバス停が同じだったらどうしよう。私が先にボタンを押したら、あの子は泣きだしてしまうかもしれない。

で、結局どうするかというと、大人げなく私もボタン押し合戦に参戦する。ガキんちょごときに、反射力・意志力ともに負けるわけにはいかないからだ。子どもは当然、先に押されちゃってぐずり出す。私は心の中で「ふふふ」と笑いながらバスを下りる。子どもよ、何事も思い通りには進まない、それが人生だ！　君も、己れの意志を貫きとおすことの難しさを知ったであろう。この挫折《ざせつ》にめげず、これからも降車ボタンの早押し技術を磨きたまえ。私はいつでも、君の挑戦を受けて立つ！

バス内における私の無言の教育活動が、きっとこの先、怠惰なる大人を減らすことに役立っていくに違いない、と信じる次第である。

あ、でももしかしたら逆効果か？　このバス停ではいつでもさっさと押してくれる人がいるみたいだから、俺はのんびりと座ってりゃいいや、などと考えるようになってしまうかもしれない。あまり子どものやる気を削《そ》ぎすぎてもいけないので、たまには降車ボタンを押す甘い快感を味わわせてやるべきか……。うーん、教育は難しい。

私はバスのボタン一つにこんなに気を回してるってのに、のんべんだらりと人任せなあのおじさん。いっそのこと、終点まで運ばれていってしまえ！

思い出ホロホロ

先日、私は温泉に行った。人気《ひとけ》のない大きな浴槽につかって朝風呂《あさぶろ》としゃれこんでいたら、母親と子ども二人が風呂場に入ってきた。一人は赤ちゃんで、もう一人は三歳ぐらいの女の子だ。お母さんは女の子の体を手早く洗ってあげると、あとは赤ちゃんと自分の体を洗うのにかかりきりになってしまった。

女の子は一人でちょこまかと洗い場を歩いてきて、湯気の立つ浴槽にドボンと身を投じた。そして、「冷たい！　冷たい！」と歓声をあげた。はて、この子の皮膚感覚はどうなってるのかしら、と怪訝《けげん》に思っていたら、母親が洗い場から、「○○ちゃん、それは『冷たい』じゃなくて『熱い』でしょ。いつも間違えるんだから」と言った。

なにをどうして、この子は熱いと冷たいを取り違えて覚えてしまったのだろう。父親がいたずらで、ちぐにぐな言葉を覚えこませたのかもしれない。九官鳥みたいな子だな、とちょっとおかしくなる。

その子はすぐに「冷たい」湯に我慢できなくなったらしく、浴槽から出て洗い場の母親のもとへ走った。そして見事に仰向《あおむ》けにすっころんだ。ポイーンといい音が風呂場に響きわたる。あわわ、頭を打ったよ、と思わず腰を浮かしたが、その子はむっくりと起きあがり、何事もなかったかのようにまた走り出した。タフだ……。

今の衝撃で、彼女の頭の中の「冷たいは熱い、熱いは冷たい」がリセットされるといいのだが、まあ、たぶん無理だろうな、と私は思った。

教えておくれ恋の香りを

「お元気？　あなたからのハガキ、届いたわよ」

　と、友人J子に電話をした。J子はメールアドレスを持っていないので、私たちは今どき珍しく、文通を主体とした清純なおつきあい（？）をする仲なのだ。

「あら、私もちょうど電話をしようと思ってたところ。しをんからのハガキが届いたから」

「そのことで、ちょいと話が。実はねえ、J子。私があなた宛《あ》てのハガキをポストに投函《とうかん》して家に戻ったら、あなたからのハガキが届いていたのよ！　怖いぐらいのシンクロ率じゃない？」

　J子は「むむむ」とうめいた。

「どうりでハガキの内容がいまいち嚙《か》み合っていないと思ったわ」

「このまま手紙を出すタイミングがシンクロしすぎると、ちょっと困ったことになるわよ。いつまでたっても話題が先に進まないもの」

と、私も電話口で重々しくうなずく。「どうする？　私たちの文通に危機が訪れたわ」

「長く文通していれば、危機も訪れるわよ。私たちが遠距離恋愛カップルだったら、もうそろそろ結婚してるタイミングだもの」

「そうねえ。『大介《だいすけ》、私もうこんなの耐えられない！　私は、《元気ですか？　昨日はハモの天ぷらを食べました》と書いたハガキを送ったのに、あなたときたら《上司のTさんが女装して町を歩いているのを目撃してしまった。あのへんは若手社員がよく飲みに行くあたりだから気をつけたほうがいい、と忠告してあげるべきだろうか》なんてハガキを、ほぼ同時に送ってくるんだもん！　私のハモの話はどうなっちゃったのよ！　このままじゃ私たちダメになる。結婚してちょうだい』という段階に差し掛かっているのかも。あくまで喩《たと》えだけどさ」

「でしょう？　それに、手紙を書くのって、けっこう厄介なのよね。以前に何を書いたのか忘れちゃって、内容の重複したハガキを何枚も送りつけてしまいそうになるわ」

「ああー、私も。最近めっきり記憶力が衰えてねえ」

遠距離恋愛というよりは老いらくの恋に近い、私たちの文通状況である。

私は気を取り直して、J子に持ちかけた。

「せっかく久しぶりに電話という文明の利器を使ってるんだから、最近のできごとでも話してよ。手紙に書くよりしゃべったほうが楽だしさ」

「しゃべったことを忘れて、また手紙に書いちゃいそうだわ」

と、J子は渋りつつも話し出した。「クラスにねえ、気になる人がいるのよ」

J子は今、資格取得のための学校に通っているのだ。

「ふんふん、どんな人なの?」

「わからない。しゃべったことないから。彼はクラスのだれとも話さないのよ」

「そんなに無口でとっつきにくいと、ちょっと困っちゃうわね」

「あら、そう? 私は物静かでムードのある人が好きだから、じっくりと彼を観察してるんだけど。あのね、彼ったら秋も深まったこの季節になっても、まだ半袖《はんそで》のTシャツ一枚なの」

「……小学生男子みたいな人だね」

「ああ、小学校にはいたわよねえ、一年中ランニングシャツの子って! 私は彼のことをてっきり東大生だと思ってたけど、もしかしたら小学生なのかしら?」

「声変わりしてないのが恥ずかしくて、無口に徹してるのかもよ」

「うーん、最年少資格取得者を狙《ねら》ってるのかしら……って、いやいや、彼は大学生だってば。東大の学生だってば」

「なんで東大だってわかるの？　話したこともないのに」

「話さなくてもわかる。東大の男って、独特のにおいがあるもん。わかんない？」

「さあ……考えてみれば私、知り合いに東大出の男がいないや。サンプルが入手できないので、判別不可能ッス。それで、東大の男からはどんなにおいが漂うものなのさ」

「そうねえ……東大だけに、ぎんなんくさい感じ？」

「悪臭じゃない！　やめなよ、そんな人！」

「あくまで喩えだってば！」

J子の鼻がもげないうちに、恋に進展があるといいのだが。

救助犬

J子からある日、電話がかかってきた。

「しをーん」

小さいころ可愛《かわい》がっていた犬の名を夢の中で呼ぶときみたいに、彼女は悲しそうな声で私の名前を発音した。

「どうしたの、J子。お疲れのようね」

「そうなのー。試験勉強ってとってもむなしいんですもの。仕事だったら、働きに対して報酬が出るでしょ。でも試験勉強をいくらしたって、当然お金はもらえないし、『これだけやれば絶対合格』という明確な基準もない。延々、延々、なんの保証もないのに勉強しつづけてると、気が滅入《めい》ってくるのよ。それで模試の結果が悪かったりした日にゃあ、どん底の気分」

J子はかなり特殊な資格取得を目指しているので、門外漢の私には気の利《き》いたアドバイスも思い浮かばない。ちょっとでもJ子の気が紛れればいいなあと、こうして電話でおしゃべりするのが関の山だ。

「最近、救助犬の気持ちがわかるわぁ」

　J子はそう言って嘆息した。それまでは「ふんふん」と神妙にJ子の話を聞いていた私も、唐突なその言葉にはさすがに引っかかって、「ちょっと待って」とやむをえず話の腰を折った。

「なぜそこで急に、救助犬が出てくるわけ？」

「あら、話したことなかったかしら？　ニューヨークのテロのとき、たくさんの救助犬が出動したんですって。瓦礫《がれき》の山の中から、まだ息のある人を探すためにね。来る日も来る日も、犬たちは一生懸命捜索を続けたの。だけど残念なことに、瓦礫の下敷きになって救助を待っている生存者なんて、あの状況では一人も見つからなかった。そうしたらあなた！」

「あ、その言い方はちょっとおばさんくさいわよ」

　と忠告した私を無視して、J子は感極まったように言葉を継いだ。

「なんと、救助犬たちはノイローゼになっちゃったのよ！　『こんなに必死に探しているのに、どの瓦礫の下にも僕たちを待ってる人はいない。探し方がまだまだ甘いのだろうか？　もしかして僕は自分の鼻の能力を過信していたのであろうか？』って。成果があがらないからどの犬も自信喪失して、無気力になっちゃったらしいの。しょうがないから、犬と一緒に捜索に当たっていた消防隊員がわざわざ瓦礫の陰に寝っころがって、救助を待つフリをしたんですって。犬は喜び勇んでサクラの消防隊員を発見し、消防隊員は『よくやった』と犬をねぎらう。犬も人間も同じなのね。なんらかの手応《てごた》えがないと、一つの作業をずっと続けることなんて、むなしくってできないのよ。私も、あまりにも手応えのない試験勉強に、ちょっとへコんでいるというわけ」

「へええ」

私はJ子の話を聞いてびっくりした。「とっても繊細なのね、犬って」

「犬に対して感心しないでよ。この話の眼目は、救助犬のごとく無気力状態に陥ってしまった私、という点にあるんだからさ」

「そうだった、そうだった。うーん、どうしたらJ子は気力を取り戻せるのかしら？　たとえば恋をしてみるというのはどう？」

「恋？　だれと」

「ほら、前に言っていた同じクラスの『東大生』の人は？」

「クラス変更したのか、近ごろ彼のことを見かけないのよ。だからダメ」

「あら残念」

「それに私はね」

とJ子は言った。「先日、もう恋なんかできそうにない自分を知ったわ。ツーといえばカーってぐらいに感覚の合う人は、滅多にいないんだもの」

「それは誰だってそんなもんでしょ。いったい、『先日』なにがあったのさ」

「試験を受けるために、私は会場のある水道橋に行ったのよ。だけど開始時間まではまだ間があったから、後楽園遊園地のそばのベンチで、お昼のパンを食べながらボーッとしていたの。ベンチの横には筒状の灰皿があって、ホームレスの若い男の人が、何度も何度も近寄ってきてはシケモクを探していたわ。うららかな昼下がりだった」

J子の話は叙情的かつどこへ行き着くのかわからぬ危うさを含んで進む。「しばらくしたら、私のいるベンチに、同じ試験を受けるらしい学生っぽい男の子も座ったの」

「どうして、その人が同じ試験を受けるとわかったの？」

「寸暇を惜しんでテキストを見ていたからよ。その男の子は煙草《たばこ》を取り出して、『吸ってもいいですか』って隣に座る私に丁寧に確認してきたわ。私は『どうぞおかまいなく』と答えた」

ふむ、なかなかの好青年のようじゃないか。孫娘の婿《むこ》になる男を吟味するじいさんのように、私は電話口でうんうんとうなずく。

「それでなんとなく、会話が始まったの。『もしかして貴女《あなた》も、試験を受けるんですか』とか、『もうそろそろ会場に行っておいたほうがいいかもしれませんね』とか、そんな感じに。彼は立ち上がって、『じゃあ、せっかくだから一緒に会場に向かいましょうか』と、吸っていた煙草をベンチ脇《わき》の灰皿の奥深くにグイグイねじこもうとした」

「それはいかん！」

と、私は叫んだ。「吸い殻を奥までねじこんだら、最前からシケモクを探していたホームレスの人が、煙草を灰皿から拾うことができなくなってしまうわ！」

「しをんもそう思う？」

J子は色めき立った。「話の伏線によく気づいてくれたわ〜。そうなのよ、私も『あ、どうしよう』と思ったの。迷ったんだけど、私はその男の子に言ったわ。『ちょっと待って。その吸い殻、あんまり奥に入れなくていいと思うの』って」

「言ったの！　通りすがりでちょっと話しただけの男の子に！」

「言ったわよ、勇気が必要だったけれど。ところが、その子ったら黙って言うとおりにしてくれりゃいいものを、『え、どうして？』と聞き返してくるじゃないの。しょうがないから説明したわ。『さっきからホームレスの人が吸い殻を集めてるみたいだから』って。そのときの彼の顔ときたら！　『はあ……？』と言ったきりポカーンとしちゃって、ヘンテコリンな生態の珍獣を見たかのようだったわ。失礼しちゃう。そこで新しい煙草を一本、黙って灰皿に置くぐらいのスマートさを期待したのにさあ」

「う、うーん……。新しい煙草を置くことまで期待するのは、ちょっと求めすぎだと思うけどね……」

J子はため息をついた。

「私はここのところ一週間ばかり、この出来事についてずっと悩んでいるの。私がしたことは、余計なお世話だったのかしら？　彼が吸い殻をねじこむのを黙って見ていたらよかったのかしら？　って」

むずかしいところだ。些細《ささい》なことのようでいて、後々まで「あの判断で間違ってはいなかっただろうか」と悩む事柄というのはある。J子の体験は、まさにその典型のように私には思えた。

彼女の取った行動については、受け止め方は人それぞれだろうけれど、少なくとも私は、J子と友だちでよかったなあと思った。そして、いまノイローゼの救助犬な気分の彼女が、一日も早く元気になれるよう、願わずにはいられなかった。

思い出ボロボロ

J子は先日、新宿でキャッチセールスの兄ちゃんに声をかけられたそうだ。「けっこうです」の意をこめて、ちょっと会釈して通り過ぎようとしたところ、兄ちゃんは「ブス！」と吐き捨てた。J子はピタッと立ち止まり、まわれ右してツカツカと兄ちゃんの前に戻ると、「本当にそう思うの？」と問いただした。ちなみにJ子は、滅多にいないほどの美人だ。

「なんだよ、うぜえなあ」と、たじろぐ兄ちゃんを、「人を傷つけるようなことを言うのはやめてちょうだい」と、J子は穏やかかつ厳しく諭したという。

やっぱりいい女だな、と思う次第だ。

時代劇口調

尾籠《びろう》な話で恐縮だが、私はついに、恐怖の便秘地獄から抜け出した。この「尾籠」という言葉を使うたびに、三島由紀夫が「尾籠な話で恐縮だが」と日記に書いていた、という逸話を思い出す。いったい誰に対して恐縮してるんだ、日記なのに！「アイラビュー、ユキオ！」と叫びたい。

由紀夫のエベレストよりも高くそびえ立つ自意識（美意識？）のありようについては、おのおので熟考するとして、検証するに、今回私の怠慢なる腸に働きかけた物質はずばり、餃子だと思われる。その日、私は近所のラーメン屋で、皮の中身の九割までがニンニク、という恐ろしきスタミナ餃子を食べたのだ。

餃子の刺激で腹のつかえが取れた私は、この機を逃さず数年来の計画を実行に移すことにした。新しいジーンズの購入である。

ジーンズというのは試着時はまだ生地が硬いから、新たなジーンズを買うときには、慎重に自分の腹周りの状態を見極めねばならぬ。老廃物を排出し、しかし空腹でもないベストな腹具合。時はいまをおいて他になし！　私はさっそく町のジーンズショップに向かった。

小さな店内に積み上げられた、多種多様なジーンズたち。ジーンズに対するこだわりはさしてないので、良さそうなのを適当に選んで店員さんに声をかけた。

「あのー、これを着てみていいですか？」

すると、店員さん（女性・二十代半ばぐらい・さすがにジーンズが似合ってる）は言った。

「はい。どうぞお召しになってみてください」

私は衝撃を受けた。幼少のころ、「ザ・ベストテン」を見ていて、黒柳徹子が出演者に向かって、「まあ、きれいなおみ足ですね」と言ったのを聞いたときと同じぐらい、衝撃を受けた。

私の経験からすると、（たとえそれが「ブランド」と呼ばれる店であっても）店員さんはたいがいにおいて、「（試着室は）こちらです」とか「どうぞ着てみてください」という言い回しを使う。しかしこの店員さんの、なんと優雅なことか！　ここはシャネルの試着室ではない（ちなみにシャネルの試着室に入った経験はない）。ゴチヤゴチャとしたジーンズ屋である。そして私に、数十万のシャネルスーツではなく、一本数千円のジーンズを買おうという客だ。それなのに店員さんは、すごく自然に「お召し」と言った。彼女のいやみのなさ、(徹子にも共通する) 天性の気品のようなものが、私の胸を激しく揺さぶった。

私は彼女と話す際に、ニンニクくさい息を吐き出さないよう、空気を吸いながら発語した(これは非常に難しい技であった)。そして、「もう少し幅の狭いものはありませんか」とか、「わかった! 綿百パーセントがいいんだ! 綿百のものをお願いします」とか、さまざまに注文を出し、六本も試着してようやく気に入った品を手に入れた(「こだわりはない」と言っていたわりに……)。彼女が豊富な商品知識と丁寧な接客ぶりで私を助けてくれたのは言うまでもない。

若者は挨拶《あいさつ》ができない、敬語が使えない、と言われるが、それはまったくの誤りだ。どの世代にも、挨拶からしておぼつかない人は同じ割合で存在する。現に近所のおじさんは、私が挨拶しても無視する。そんな彼が立派に会社づとめしてるんだから、世の中わからないもんだといつも思う。やはり、大事なのは品性だ。私はこれまでひそかに、座右の銘を「品性は金で買えない」にして、自分を戒《いまし》めてきた。そしてこのたびの件でいっそう、その思いを強くしたのであった。

しかし戒めた矢先に、手痛い失敗を犯す。帰宅した私は、着物の着付けを予約する必要があって、あるホテルの美容室に電話したのだが、先方が、「おぐしは肩までございますか」と問うたのに対し、つられて「ございまする」と答えてしまったのだ。ああああ。だって、「『おぐし』ってのもすごいな」と気を取られたんだもの……。

「若者は敬語に慣れてないから」と言い訳するのは、何歳ぐらいまで許されるのだろうか。

思い出ホロホロ

十代のころ、本屋でアルバイトをしていた。

ある夜、中年のサラリーマンがやってきて、本を購入する際にクレジット・カードを出した。私はクレジット・カードを見るのがほとんど初めてで、しかも個人経営のその店でカードを使おうとする人などそれまでいなかったので、すっかり動転してしまった。

「申し訳ありませんが、当店ではカードは使えないのです」

この事態をどう切り抜ければいいものか、とんとわからなかったので、私は敬語もへったくれもなく、正直にありのままを伝えた。するとそのおじさんは、「そうか、しかたがない」と財布から現金を取り出し、

「しかしきみ、そういうときは『当店ではカードのお取り扱いはしておりません』と言うべきだ」

と重々しく告げた。私は平謝りに謝った。

数日後の夜。私はまたレジ係になって、店番をしていた。すると、会計をカードで、と言う人がまたしても現れたのだ。「ここ数日、まったくどうなってるんだ。こんなにカードでの支払い希望者が続くなんて」と思い、顔を上げてお客さんの顔をよく見ると、なんと、先日と同じ中年サラリーマンなのだ。おじさん、もしや私を試しに来たのか⁉　ここが勝負のしどころだ。私は一字一句違《たが》えないように緊張しながら、おじさんに告げた。

「申し訳ありませんが、当店ではカードのお取り扱いはしておりません」

おじさんは、「うむ」と満足そうにうなずくと、カードを引っこめて現金で払った。

あのおじさんは、きっと会社では熱心な新人教育係として名を馳《は》せているのだろうと、なにやら愉快な気分でときどき思い返す。

ハートに火が点《つ》くの

テレビを見ていたら、モーニング娘。のメンバーが、自分の母親のことを「うちのお母さんがぁ」と言ったので、「ぬぁにが『お母さんがぁ』じゃ。『私の母が』と言わんかい」と、私はむしゃくしゃした。

私が彼女の母親だったら、テレビで活躍中の娘にすぐに電話して、「○○ちゃん、人前でお母さんの話をするときはね、『私の母が～』というふうに言わなきゃだめよ」と教えるであろう。それにしても、離れて暮らしている（のだろう）母親に代わって、年端《としは》もいかない女の子を預かる所属事務所は、プロデューサーのつんく氏は、いったいなにをしてるのか。ちゃんとモー娘。に礼儀を教えてあげているのか。「『お母さん』って言ったほうがかわいいから、まあいっか」とでも思って、彼女たちの言葉遣いを放置しているのなら、それはふとい間違いである。

まったく余計なお世話（かつおおげさ）だとは思うが、モー娘。の頑張りと言動を目にするたびに、「ああ、彼女たちを表面上ちやほやするのではなく、真に心配し、愛する大人はちゃんとまわりにいるのだろうか」と、胸が痛む。

しかし、私のモー娘。への物思いのあれこれは、すぐにブチ破られた。そのときちょうど外から、拡声器を通した怒声が聞こえてきたからだ。夜の八時半すぎに、いったいどんな必要があって、静かな住宅街に向かって拡声器で怒鳴るんでごわすか！

この拡声器の主は、選挙活動中の立候補者ではない。近所に住むおばさんだ。数年前からたまに風に乗って、なにやらわけのわからないことを叫ぶ中年女性の声が聞こえてくるのだ。

最初は過激派のアジトでもできたのかと思ったが、あんなに大々的に叫んでいては、アジトがアジトの用を成さない。しかも叫ぶ内容が、庭木についてとか雨漏りについてとかなのだ。そんな過激派っているだろうか。

次に私は、自分の頭がおかしくなったのではないかと疑った。つまり、幻聴を聞いているのではないかと思ったのだ。だが、すぐにその疑念は晴れた。拡声器の声は、「いったい誰の仕業だ」と近所でも話題の的だったのである。

そしてとうとうある日、私は近所を散歩中に、犯行現場を目撃した。小高い丘の上に建つ大きな家の庭で、おばさんが片手に拡声器を持ち、もう片方の手を腰に当てて、大声でがなりたてていたのだ。ふむふむ、どうやら私の頭がおかしかったのではなく、このおばさんの頭がちょっとおかしいようだな。拡声器の声の主が判明し、私はすっきりした気分になった。

　ところが最近、拡声器の声が頻繁に聞こえてくるようになってしまった。以前は午後に一回か二回、拡声器に怒りをぶつければ気がすんでいたようなのに、今では朝の八時前から叫ぶ。そして多い日には二時間に一回の割合で怒鳴り、それが夜まで続くのだ（怒鳴り声は、一回あたり三分ほどで静まる）。

　おばさんもよっぽど腹に据えかねることがあるのだろう、とは思うのだが、こちらにも生活というものがある。私は、おばさんの怒鳴り声をせめて時報がわりに使えないかと、試しに記録を採ってみたが、叫ぶ時間はまちまちだった。おばさんの怒りの導火線は、火が点《つ》く時を選ばないらしい。そうなると、おばさんの突拍子もない怒声は、ただの騒音以外のなにものでもない。私も拡声器を買って、おばさんが叫びだしたら、「異議あーり！」と怒鳴り返してやろうかしら。はたまた夜中にこっそりと、おばさんの家の壁に「騒音公害絶対反対」とスプレー書きしてしまおうか。などと、過激派顔負けの（?）対抗策を考えてしまう。

　だけど、ちょっと待って。私ははたと気がついた。いま、おばさんが怒鳴りだしたタイミング、私がモー娘。発言にむしゃくしゃしたのとほとんど同時だったわ……。まさか、このたびおばさんの怒りの導火線に火を点けたのは、モー娘。……？
因果関係のはっきりしない点はまだまだあるが、平穏な地域生活のためにも、念のため言葉遣いに注意を払ってくれるよう、モー娘。の皆さんに切に願う。

思い出ホロホロ
このごろ気になる言い回しは、「毎日の日課」である。テレビのナレーションで立て続けに耳にした。NHKでも使っていた。「漁業を営む田中太郎さん（54）は、朝の四時に起きて、配達されたばかりの牛乳を一瓶飲むのが、毎日の日課です」といった具合に。
それはおかしいだろう！　日課というのは毎日することだから「日課」なわけで、「毎日の日課」では、「馬から落ちて落馬して」と言っているようなものじゃないか。
画面にはのどかな漁村の風景が流れているというのに、推敲《すいこう》が不完全なナレーション原稿のおかげで、私の血圧はカッカと上がりっぱなしだ。

我が血圧に連動してるのかなんなのか、拡声器のおばさんも日増しにエキサイトしていった。頭に血がのぼりすぎてポックリいっちゃうんじゃないかと、こっちがハラハラするほど激しく怒鳴る。

最近、変化が訪れた。おばさんが拡声器で怒鳴りはじめると、どこかの家のおじさんが「うるさい！　いい加減にしろ！」と怒鳴り返すようになったのだ。しかも拡声器で！　どうやらおばさんに対抗するためだけに、わざわざ購入したらしい。考えることはみな同じなんだな、と妙に感心してしまった。

もちろん、おじさんの反撃ぐらいで怒鳴るのをやめるおばさんではない。むしろますますヒートアップして、訳のわからないことを叫び散らす。

「ドロボー！　庭木を返せー！　裁判するぞー！」

「うるせえ、このキ××イが！　黙りやがれ！」

拡声器で繰り広げられる罵詈雑言《ばりぞうごん》の応酬。こわいよぅ。なんだかとんでもない町である。

隣の芝が目に染《し》みる

「週刊新潮」をお読みのかたの中には、「は？　なんのことじゃ、そりゃ。わしは昨夜はなめこのみそ汁を食ってさっさと寝たわい」という人も多かろうと推測するのだが、昨日あたり、世間では大きなイベントがありましたよね。赤ッパナの動物が、白いヒゲを生やしたじいさんの乗ったソリを引いて練り歩く、クリスマ……いやいや、みなまで言うまい。とにかく、一年のうちで私が一番憎悪《ぞうお》しているイベントのことですわ。

私だって中学生ぐらいの時は、大人になったらクリスマス（あ、みなまで言ってしまった）には恋人と仲良く過ごすわ、などと甘いドリームを描いていた気がするが、大人になった現在の状況はというと、イスラム教国に在住してるのかな、ぐらいにクリスマスと縁がない。夢は破れるからこそ夢なのか。

かなわなかった夢としては他に、「教師になる」というのがある。べつに人に物を教えたいわけでも、教育に興味があるわけでもなく、生徒時代に、「どうして学校の先生の格好って地味で、悪くすると体育ジャージなどを着用してるんだろう」と非常に不満だったからだ。

できれば、歴史か地理か国語の先生になる。そして、教える内容に合った服で教壇に立つのだ（もちろん、その服は家から着用していく。学校で着替えるなどという惰弱なことはしない）。

江戸時代を教える時は町人の格好、アフリカの気候について語る時は民族衣装、夏目漱石《そうせき》の『こころ』を取り上げる際には書生風。迫真のなりきりぶりに、教科書がプロレタリア文学にさしかかった時など、『蟹《かに》工船』ルックを用務員さんに不審がられて、校門で締め出しをくらうぐらいだ。『キューポラのある街』の吉永《よしなが》小百合《さゆり》風にとどめておくのが無難だったか。

こんな感じで毎日が仮装大会。私も気分が変わって楽しいし、生徒たちも、「すげえな、今日の先生はマリー・アントワネット、ロココ調か」などと、学問への興味に目覚めてくれるであろう。一石二鳥。あ、でも、理数系の教師になるのは遠慮しときます。「慣性の法則」を体現した服、とか、どんなものやら見当もつかないので。

街を飾る豆電球の明かりが、さびしく心を照らす季節になると、私はこうやってつい、「かなわなかった夢」に思いを馳せてしまう。うずたかく積み上がった夢の残骸《ざんがい》で、そろそろ東京タワーに匹敵する高さの新名所を作れそうな勢いだ。

そしていよいよクリスマスが近づいたある日、こんな夢を見た（今度はドリームじゃなく夜に見る夢のこと）。

公園のベンチに、私はシーマンと座っていた（シーマン：私が最も愛するサッカー選手。イングランド代表のゴールキーパー。御年三十九歳。寄る年波には勝てぬのか、危なげあるプレーぶりを披露してはファンの怒声を一身に浴びる存在）。高まる我が胸の鼓動。シーマンはおもむろに、履いていたスパイクに絡《から》みついた芝をむしり取り、私に差し出した。

「この芝を君に。クリスマスプレゼントだよ」

私は感激のあまり昇天しそうになりながら、

「嬉《うれ》しいわ、シーマン！　大切に育てるね！」

と、それを受け取ったところで目が覚めた。枕元《まくらもと》に芝が落ちていないか確認してから、自問自答する。

もしや、シーマンの最近の絶不調（イングランド代表から外されそうなほど）は、私のせいではないか。私のこの、ほとんど怨念《おんねん》にまで高められたシーマンへの愛情が、夢の中でも彼を苛《さいな》んでいるのではないか。念のため、彼のことなどなんとも思っていない素振りをしておいたほうがいい。

「シーマンのばか、シーマンなんて大嫌い（棒読み）」

ふぅ、これぐらい言っとけばもう大丈夫じゃろう。

こうして私は、芝をもらった思い出だけを胸に、クリスマス地獄を乗り切ったのだ。よく耐えた、自分！クリスマスに高価なプレゼントをねだったりした人に、靴についた芝で満足した私の清貧ぶりと愛情の深さを知らしめてやりたい。あ、いけない。この重苦しいまでの愛が、（夢の中で）シーマンの負担になってるんだった。自重せねば。

思い出ホロホロ
シーマンはその後、寄る年波に勝てず、とうとうイングランド代表の座を追われたようだ。この本が出るころには、現役を引退してるんじゃないかと気が気じゃない。ずいぶん軽量化を図ったつもりだったのだが、私の愛はまだまだ彼には重すぎたのだろうか。

頑張れシーマン！　いま、私の派遣した強面《こわもて》スカウトマンがそちらに向かっている

ぞ！

六幕　せちがらい年明け

新春の所信表明

新春早々こんな話題でおめでたくないが、私はいま、ものすごい下痢である。

胃腸が弱く、これまで幾多の危機に見舞われてきた歴戦の勇者たる私も、さすがにここまでの下痢ははじめてだ。なにしろ、腹に少し力を入れるだけでジャージャーと出るのだ。蛇口化した我が肛門《こうもん》。南方の戦線で赤痢にかかった兵士の気持ちが、少しわかったような気がする。わずかな食料を口に入れても、筒のごとくすぐに体外に排出してしまうこの哀《かな》しさ。夜もおちおち寝ていられない。

いったいこの下痢の原因はなんだろう、と熟考した結果、思いついたことを以下に列挙する。

一、前世の報い。

二、昨日食べたカツサンド（東京駅にて購入。塗ってあったマーガリンが微妙な味だったが、意地汚く全部食べてしまった）。

三、つんくの呪《のろ》い。

このうち、「前世の報い」と「カツサンド」については、もう済んでしまったことなので為《な》す術《すべ》もない。放置しておくしかなかろう。しかし、「つんくの呪い」については、謝れば今からでも間に合うかもしれない。

実は大晦日《おおみそか》にこんなことがあったのだ。

紅白歌合戦を眺めていたら、祖母（御年八十五歳）が言った。

「『むんく』って人は、ずいぶんいろいろな歌手に曲を提供してるのねえ」

おばあさま、もしかしなくてもそれは、「つんく」のことをおっしゃってるの？

私を苛立《いらだ》たせる歌を作ることにかけては、右に出る者のないほどの才能を発揮するつんく氏。脳みそが豆腐になりそうな歌を若い女の子に歌わせるのはよせよな、と常から憤慨していた私は、「むんく」という名の響きに腹の中で笑いを炸裂《さくれつ》させた。「むんく」だって。なんだか毛むくじゃらの着ぐるみキャラを連想させる、そこはかとなくユーモラスな語感ではないか。

だが、もちろん表面上はグッと冷静さを保ち、

「うん、むんくの活躍ぶりはすごいよね」

と、あえて祖母の勘違いを訂正しなかった。ははは、つんく氏め、思い知ったか。

これで私の祖母は完全に、あんたのことを「つんく」ではなく「むんく」と認識した。君は今日から(祖母の中では)「むんく」だ！

一年の最後につまらぬことで溜飲《りゅういん》を下げたわけだが、きっと、これがいけなかったのだ。

謝ります、つんくさん！　祖母の間違いをわざと見過ごして、嘘《うそ》をついた私が悪かった。「つんく」よりは「むんく」のほうが、考えようによっては絶望の叫びって感じがしてかっこいいしネ、というちょっとした出来心だったんだ。だから、この下痢を止めてください。肛門からは固形物を排出するよう、私の腸に言い聞かせてやってください！

はあ、これぐらい反省を示しておけば、そろそろ腹も治るだろう。私はトイレを常に視界に入れつつ、祖母とおしゃべりすることにした。

祖母から昔の話を聞き出すことが、私の新春恒例行事なのだ。今年のテーマは、「避妊具はあったのか」。渋る祖母にそのあたりをつっこんで聞いてみる。

「そんなものはなかったわねえ。性的な知識を提供するような女の子向けの読み物も、まったくなかったし……」

「それじゃ、おじいさんとはどんな交際ぶりだったわけ？」

「結婚前の七年間ほどは、握手だけだったわ」

握手。なんだか政治家みたいなおつきあいだ。

「しかしそれだと、結婚して最初の晩は、おばあちゃんはさぞかし驚いただろうね」

「そりゃあ、驚いたわ」

と祖母は言ったが、それ以上は貝のごとく口を閉ざしてしまい、驚きの詳細について聞き出すことができなかった。うぅん、そこをもそっと語ってほしいのに！　腰を据えて話を聞き出そうにも、すぐにトイレに立つはめになってしまう。どうやらまだつんく氏のお怒りは解けぬようだ。

私の本年の目標は、「避妊具の来歴およびその変遷《へんせん》を調べること」に決定した。七十歳以上の方にお会いしたら、そのへんをすかさずお聞きするので、どうか恥ずかしがらずに教えていただきたい。

避妊具聞き取り調査結果

あるおばあさん（八十代）から、いろいろと話を聞く機会を得た。「シモの話をするのは恥ずかしい」と言うので、匿名《とくめい》を条件に語っていただく。以下、おばあさんの顔にはモザイクがかかり、音声は変えてあります。

「ええと、じゃあまず、おばあさんが若いころ、生理のときになにを使っていたかお聞きしたいんですが。今で言う生理用品みたいなものはありましたか？」

「今のがどんなもんかわからん」

そこで私は、生理用品を見せてあげた。

「今はこんないいもんがあるんか。あ、パンツにひっつけるんやな。紙オムツみたいやなあ」

おばあさんは生理用品を子細に観察し、「こんなものはなかったな」と言った。

「私らのころは、普段は腰巻き一つやった。生理のときはその下にT字型のパンツみたいなもんを穿《は》いて、ちぎった綿を当てとったなあ」

「そんなんじゃあ、横漏れしちゃうんじゃ……」

「ちょっとも。量も日数も少なかったし、私なんて二カ月にいっぺんぐらいしかなかったしなあ」

「栄養の違いなのかしら……。楽ちんでいいですね」

「生理痛だという人も聞いたことがなかったしな。今の人が痛がってるのを見ると、かわいそうでたまらんわ」

それはまた、みなさんものすごく軽い生理だ。うらやましい……。

「子どもを生んだ女の人の中には、『詰め紙』ちゅうて、布のボッコ（切れ端）を丸めて入れとる人もあったな。若い人は、まず使わんかったけど」

「タンポンと同じ原理ですね」

おばあさんが「タンポンてなに」と聞いたので、形状と機能を説明する。どうやらおばあさんの緊張もほぐれてきたようだ。私は咳払《せきばら》いしてから、単刀直入に切りこんだ。

「ところで、おばあさんが初めてコンドームの存在を知ったのはいつですか？」

「まあ、あんたそんな……」

絶句するおばあさん。私は期待に満ちた目でいつまでも待った。おばあさんは、「やれやれ、ヘンなこと聞く子だね」という顔をしたが、やがて根負けしたのか、ちょっと遠くを見るような目をしてから答えた。

「戦後やな。戦後も何年か経《た》ってから」

「ほう。それはやはり、お連れ合いの方が買ってきたんですか？」

「買ったんだかもらったんだか知らんが、忘れもしない。あの日、おじいさんはいつものように」

「山へ柴《しば》刈りに？」

「違います。いつものように、町でしこたま飲んで遊んで、いい気分で帰ってきたんや。私は、『あの人、また酔って川にはまっとるんじゃなかろか』と心配して待ってたちゅうのに、おじいさんときたらご機嫌で、『おう、○○子ぉ（おばあさんの名前）！　ちょいと見てみぃ。今はこんな便利なもんがあるんやで』とゴムを見せよった」

「それは、今のコンドームと同じ形でしたか？」

「今のの形を知らんからようわからん」

そこで私は今度は、現在のコンドームの形状を説明した。おばあさんは大きくうなずく。

「そや、そや。変わらんな。そういう形やった。そういうもんが、おじいさんの持って帰ってきた箱の中に並んどった。そして、忘れもしないちゅうのはこのことなんやけど……、箱の中にたった一つ、べローンとのびたゴムがあったんや！」

おばあさんの頰に、恥じらいのためか怒りのためか赤味が差す。私は爆笑した。

「ええー！　それってどういうことなんですか？　ナニした形跡があったの？」

「うんにゃ。だからおじいさんが、どんなものなのか試しにつけてみただけなのか、どこぞの女とちょっと試してみたのか、それはわからん。だけどもちろん、私は怒ったさ。『あんたー！　これはいったいどういうことなんやー！』ってな」

「そしたらおじいさんは？」

「なんやウゾウゾ言い訳して、さっさと寝よった。あの人はホント、金もよう稼がんと、酒飲むことと女遊びが大好きちゅう極道もんで……」

おばあさんの愚痴がひとしきり続く。

「おじいさんの持ち帰ったコンドームは、その後どうなったんですか？」

「いつのまにやら箱がどこかに消えとったから、おじいさんが外で使ったんやろ」

「それは腹立たしいですね」

「腹立たしいかぎりや」

「聞きにくいんですけど、おばあさんとの時は使わなかったの？」

「私とのときはちょっとも使いやせん」

「あの、これまた大変聞きにくいんですけど、じゃあおじいさんとおばあさんはいっつもその、いわゆるナマで行為におよんでたんですか？」

「そうです。避妊なんちゅうことは、したためしがなかったな。都会ではどうだったかわからんけど、ここらあたりで私ぐらいの年の素人《しろうと》の女は、ゴムなんて使ったことないやろな。あれは、男が外で遊ぶときに使うもんやったんやと思う」

「へえー。しかしそうすると、子どもがポコポコできちゃいますよね」

「そら、子どもが九人とかはざらやったわ。今と違って、夜にすることも他にないしな」

数少ない娯楽というわけか。なるほど。

おばあさんの、おじいさんへの愚痴は延々と続いた。しまいには半世紀以上さかのぼり、玉音放送当日のことまで愚痴る。

「そのころは練兵場に配属されとったんやけど、それがあんた、その日はあの人、腹を下して部隊から家へ帰ってきとったんや」

「そりゃあ、八月十五日に下痢だった人なんていっぱいいるでしょう」

「そうかもしれんけど、とことん間が悪いちゅうか抜けてるちゅうか。家族中でラジオを聞いて、なんやようわからんけどどうやら戦争は終わったらしい、と。そしたらおじいさん、『はー、終わった終わった。荷物まとめてくる』って、さっさと何里もの道を練兵場へ戻っていきよった。それまでは腹下して青い顔でうんうん言っとったのに！」

「ず、ずいぶんあっさりとしたものですね。みんなそんな感じだったんですか」

「戦地へ行かされて、戦争にほとほと嫌気が差してたっちゅうのもあるやろが、それでも元々の性格やろなあ。なにか事が起こったときに、乗り気になって頑張る人と、しらけてしまう人とおるやろ」

「うーん、体育祭や文化祭のときに張りきる人と張りきらない人、という感じでしょうか」

「まあそうや。おじいさんは戦争にはてんで張りきれなかったんやろな。なにしろダラダラして酒飲んでるのが好きだったから」

「酒飲んでダラダラしてる兵隊なんて、聞いたことないですもんね」

「だからおじいさん、戦後は喜び勇んで遊んだわけや。おかげで私はホントに苦労したわ」

「使いかけコンドームを誇らしげに持って帰ってくるし」

「そうそう。そういうわけで、私はゴムにはちょっともいい思い出がありません。以上」

おばあさんはずび、とお茶を飲んだ。シモの話はもうごめん、という合図だろう。このたびの聞き取り調査は終了した。いやあ、実り多かった。

しかし次なる収穫を求めて、私は引き続きさすらう。話を聞かせてくれそうなお年寄り情報を、どしどし募集中！　自薦・他薦を問いません。

あってもなくても

何事にも好不調の波はある。いつもと変わらぬ姿勢で仕事に取り組んでいるはずなのに、どうもうまくいかない。そういうとき私は、「果報は寝て待て」とばかりに、漫画を読んでフテ寝する（その結果ますます状況が逼塞《ひっそく》し、悪循環の泥沼に沈む）。

さらに、これは最近気づいたのだが、漫画を読んでも追いつかないほど超弩級《ちょうどきゅう》の不調の波に襲われたとき、私はどうやらハーレクイン小説を無性に読みたくなるらしい。

しかも、読むのは「ハーレクイン・ヒストリカル」と決まっている。一応説明すると、「ハーレクイン」とは、頬が赤らんじゃうほどキラキラしい男女の恋愛を描く小説のジャンルなのだが、その中でも設定によって細かく区分けされている。ハーレクイン・ヒストリカルは時代物だ。騎士やら伯爵《はくしゃく》様やらが、領主の娘や尼僧《にそう》などと麗《うるわ》しく恋をするのであった。

ヒーローはたいがい孤独に苛《さいな》まれており、一見不調法なようで実は心優しい。ヒロインは気が強いのだが、しかるべきところでは男性を立てる。そして両者とも当然のように美形だ。その二人が反発しつつも惹《ひ》かれあい、様々な事件や誤解を乗り越えめでたく結婚。ハッピーエンド。

つまりは、私が最も毛嫌いしている古典的男女観に基づく背筋の寒くなるようなラブストーリーなのだが、どうしてか心が弱ってくると手に取ってしまう。そして、「なぁにが、『どんな宝石も君ほどの輝きは持つまい』だ、コノヤロ！」などと盛大に罵倒《ばとう》しながらも読破する。なんだかんだ言いつつ、ハーレクイン的世界が好きなんじゃないのか、と反省することしきりだ。

ハーレクインのヒーローは甲斐性《かいしょう》があり、なおかつ、「これ」と決めた一人の女性に対して誠実である。そんな男は実在するわけがないし、いたらいたでドーバー海峡に投げ落としたくなるほど鬱陶《うっとう》しいだろう、ということは、理性ではわかる。わかるのだが、どうも弱った心が、「『青空よりも澄み渡った君の心の美しさに、俺はもうメロメロだ。自信を持ちたまえ』と、だれかに囁《ささや》いてもらえたら千人力なのに……」などと、屁《へ》のつっぱりにもならないことを望んでしまうらしい。

それにしても、「甲斐性」というのは不思議な物体（？）だ。こんなに、あってもなくても文句を言われるものは、「甲斐性」以外では「妻」ぐらいしかなかろう。

新聞の人生相談の欄を毎日熟読しているのだが、女性から寄せられる異性関係の悩みのほぼすべてが、「甲斐性」の問題に集約できると言って過言ではない。甲斐性のない夫が、嫁姑《よめしゅうとめ》問題を見て見ぬふりする。逆に、甲斐性のありすぎる夫が、しょっちゅうよそに女を作る、などなど。

先日、私は友人から相談を受けた。彼女にはつきあって半年ほどのお相手がいるのだが、これが全然甲斐性がないらしい。彼女の誕生日に彼がくれたのは、なぜかゲームの攻略本（一冊）。二人で迎える初めてのクリスマスに至ってはプレゼントなし、だった。

「私はなにもねえ、高価な物が欲しいと言ってるわけでも、イベント時には必ずプレゼントをくれなきゃ嫌だと言ってるわけでもないのよ」

と彼女は嘆息した。「ただもう少し、『君のことを考えてるよ』という意思表示が欲しいの。贈り物っていうのは、『君が好きそうなものを見つけたから』というその心が嬉《うれ》しいわけでしょ？　そういう細やかな心遣いをまったく見せずに、それでも相手に自分の心が通じると思ってる、その怠慢ぶりと傲慢《ごうまん》さがいやなのよねえ」

ううん、気持ちはわかる。「惰性に流されず、ちょっとは私に嬉しい驚きをちょうだいよ」ということだろう。しかしその願いを、「結局、物をねだってるだけなんだろ」と男性に思われないように切り出すのは、なかなか難しいんじゃあるまいか……。

「彼氏にハーレクイン小説を読ませてみたら？」

私にできるアドバイスは、これしかなかったのであった。

『部下の叱《しか》り方』などと抱き合わせでハーレクインを販売し、世の男性方にぜひ、「甲斐性と誠実さの両立」という偉業達成に挑んでもらいたいものだ。

面倒くさがり王者

小さい子や猫は霊を見る、と言われる。彼らが虚空《こくう》をじっと見つめていたり、誰もいない部屋の片隅に向かって「バブー、キャッキャッ」と喜んでいたりするとき、そこには霊がいるのだそうだ。

新潮社の編集者・Kさんは、正月に故郷に帰って家族と団欒《だんらん》していた。すると甥《おい》っ子が、「さっきそこに大きいおじいちゃん（Kさんの亡《な》くなった祖父のこと）がいたねえ！」と無邪気にはしゃぎだしたので、みんなは一瞬凍りついたらしい。

また、友人Yちゃんの甥っ子も、「そこにライオンがおるねん！」と急に火が点《つ》いたように泣き出すそうだ。「嚙《か》まれる～！」と逃げまどう彼をなだめながら、Yちゃんはいつも、「この家にはライオンの霊がついとるんやろか」と複雑な思いにかられる。守護霊がライオン。頼もしいかぎりだ。

私自身は、霊については「いてもいなくてもよろしい」と考える。

以前、心地よき睡眠に身をゆだねていたら、体が動かなくなった。「むむっ、これが噂《うわさ》の金縛りか……」と思っていると、今度は聞こえるはずのない踏切の音がカンカンと聞こえ、何者かが右足の親指をものすごい勢いで引っ張る。イテテッ、痛いッスよ！

さすがにゾーッとしたが、面倒くさいのでそのまま寝ていた。自慢じゃないが、私は究極の面倒くさがりなのだ。どうせまた着るのに洗濯物をたたまなければならないことに、本気で義憤を感じるほど面倒くさがりだ。

だから、「霊だろ、それ！」と言われても、「うんにゃ」と知らぬふりをする。生きた人間とのつきあいだけでもいっぱいいっぱいなのに、このうえあの世の方々ともかかわりができてしまったら大変だ。せっかく出てきてくれた霊には申し訳ないが、私の中では「金縛りは脳のいたずら、踏切の音は幻聴、足の親指は攣《つ》っただけ」と処理されて終わる。

こんな自分の、堂に入った面倒くさがりぶりにご満悦だったのだが、上には上がいることを思い知らされる出来事に遭遇した。

宅配便を出すために営業所まで行ったら、受付カウンターには先客がいた。スキー用品を発送するらしい男女だ。二人は仲良く荷物にカバーなどつけていたが、この荷物がデカイのだ。大男がすっぽり入れそうな長大なバッグが二つもある。

ふうん、スキーってのはいろいろ道具が必要で面倒なもんだな。いったい何が楽しくて、寒い中をわざわざ寒い場所に行って、斜面からすべり降り続けるのだろう。

私がぼんやりとそんなことを考えていたら、スキー男が窓口の女性に言った。

「なに、この宅配票、二枚も書かなきゃいけないの」

荷物が二個なんだから、そこに貼る宅配票も二枚書くに決まってんだろ！　と私のみならず窓口の女性も思っただろうが、彼女はにこやかに、

「はい、申し訳ありませんが二枚にご記入願います」

と低姿勢で述べた。男は、「チッ、面倒くせえなあ」と悪態をつきながらボールペンを手に取った。

貴様はどこのどなた様のつもりだ。そんなことを面倒がるくせに、なんでスキーに行く。装備や用具をそろえて雪にまみれには行くくせに、たかだか自分と相手先の住所氏名を書くのが「面倒」とは片腹痛い。

だいたい君、重要なことを忘れてるようだから指摘してやるが、君の連れの女はおとなしく、自分の荷物の分の宅配票を書いているのだよ。ということは、君が書くのは結局、自分の分一枚のみではないか。それのどこが面倒くさいのか、私にわかるよ

うにぜひとも説明してくれたまえ。

男の胸ぐらをつかみあげて問いただしたかった。ついでに、こんなアホ男とスキーに行こうという女にも説教をかましたかった。悪いことは言わない。今すぐこいつと別れろ。そのうち「息をするのも面倒くさい」とか言い出すぞ、この手の男は。そのくせ借金だけはマメにするんだ。

しかし女は私の内心の忠告を無視し、「面倒」の基準が首尾一貫していない男と仲良く語らい続ける。私は泣く泣く、「面倒くさがり王者」の称号を男に叩《たた》きつけた次第だ。

思い出ホロホロ

私には霊感がなく、よって霊体験もないのだが、「たたりじゃあ!」という目に遭ったことはある。あれは、まだ二十歳にもならない夏のことじゃった……。

私は東北のある神社に行った。山の中にあるその神社は、昔から、お参りに行った帰りに途中で用を足したりしようものなら、大変なことになると言い伝えられていた。

みんな寄り道をせず、尿意便意をこらえてそそくさと家に帰ったそうだ。

そこまで恐れられているからには、たたりも根拠のない作り話というわけではなかろう。私は失礼がないよう、身を引きしめてお参りした。しかしその直後、神社の建物の濡《ぬ》れ縁に、これまで見たことのないものを発見する。常緑樹の枝に小さな巾着《きんちゃく》をつけたものが、いくつか置いてあったのだ。なにかの祭事（しかもお祓《はら》いや呪術《じゅじゅつ》系）に関係するものだろう、という印象を受けたのだが、あれが実際のところなんだったのかは、未《いま》だに不明である。

巾着はちょっと色のあせた着物の生地で作られていて、一見しただけでまがまがしき気配を発しているように感じられた。だけど私はそれに、そっと触れてしまったのだ。その瞬間、ビリビリとなにかよくない感触が、指先から体内に伝わった。重ねて言うが、私には霊感はない。霊の存在とかも実は全然信じていない。だがそのときは、「あ、なんかちょっとまずいな」と思った。思ったが、すぐに忘れてしまった。

ところがどっこい。翌日からものすごい高熱（四十度を越えた）と激しい腹痛と下痢に襲われたのだ。食欲はもちろんまったくなく、熱が高いから水分を摂らなきゃ、という ことにも頭がまわらないほど朦朧《もうろう》としてしまう。下痢なもんで頻繁にトイレに行くのだが、貧血が起きてばったり倒れ、ベッドまで戻れない。「こりゃもう死ぬかも」とぼんやり思っていたら、壁際《かべぎわ》を小人が行列をなして歩くのが見えた。親指ほどの大きさの人たちが、大名行列みたいな扮装《ふんそう》でちょこちょこ進んでいく。

「いよいよ幻覚が見える……」

と、自分の危険な状態が恐ろしい反面、行列の小人たちがあまりにも真剣な面もちなので、なんだかおかしい。気がつくと、「あはは」と一人で声をあげて笑っている。完全に熱で脳みそのネジが吹っ飛んでいたのだ。

病院に担《かつ》ぎこまれた私は、「腸炎です」と医者から言われ、即座に入院と相成った。痛み止めの注射を首にぶっすりと刺され、点滴を受ける。熱を下げなきゃいけないというので、座薬まで入れられる。ぎゃー、やめてー。と思うのだが、抵抗する術《すべ》もない。しかも看護師さんは、「薬がちゃんと溶けるまで、トイレは我慢してください」と……。無理だよ、下痢なのに！

かつてあれほど忍耐したことはない。「どうやら私は、浣腸《かんちょう》プレイには喜びを見いだせないようだな」と我が身をもって確認したのだった。

以上が、私の体験した「たたりの話」である。ぶるぶる、恐ろしい。

神社にあるいわくありげな品には、不用意に手を触れないのがよろしかろう。

ここに栄誉をたたえる！

知人が結婚するので、友だちと共同出資で花束をプレゼントしようということになり、私が花屋への予約を引き受けた。

「『ハッピー！』って感じの花束になるよう、注文してくださいネ」

と若い友人に頼まれ、

「おう、まかしとけや」

と勇んで受話器を手に取る。

しかし花屋の人に、

「はい、かしこまりました。なにかご希望の花などはございますか？」

と落ち着いた声音で問われてグッと詰まった。ご希望の花はないが、友人から託された要望を伝えねば！

そら行け、今だ！　私は必死で自分を鼓舞《こぶ》し、羞恥《しゅうち》で頬を紅潮させながら、思い切って言った。

「そこはもう……幸せ、な、感じで……」

言った直後に、「おまえは小泉首相か！」と自分で自分に激しくツッコミを入れる。具体的な方策を聞かれてるのに、イメージで答える。かすれた声音で文章は途切れがち。まさに小泉首相。

だって、電話口で「ハッピー」なる単語を使うのが恥ずかしかったんだもん（純一郎の純は純情の純）。こんなときに秘書官がいてくれれば……。でも秘書に任せておくと、パチンコ屋の開店花輪みたいなのを発注しちゃうかもしれないしな。

できるかぎりの力を尽くし、国民（友人）の信託に応《こた》えたのだから、と無理やり自分を納得させ、花束の仕上がりに若干の不安を覚えつつも、座して待った。

そうして取りにいった花束は、素晴らしい出来映えだった。チューリップや菜の花など、ふんだんに使われた春の花々。抑えた色味ながらも、花束全体から沸き立ってくるような幸せの波動。そう、これこそ「ハッピー」の具現化だ。

私はまたしても小泉首相に憑依《ひょうい》され、「曖昧《あいまい》な指示に耐えてよく頑張った！　感動した！」と、花屋さんに感謝の思いを伝えたのだった。いやはや、花屋さんのプロの仕事ぶりには頭が下がる。

「プロの仕事ぶり」といえば、うちに荷物を届けに来る宅配便のおばさんだ。

私は午前中はまだ寝ていることもあるし、母は最近耳ダレが出てチャイムがよく聞こえないしで、宅配のおばさんが来ても、気づかずにいることが多い。近ごろではおばさんも心得たもので、「ドンドンドン、ドンドンドンドン」と、「起きろ、起きろ」のリズムでドアを乱打するようになった。

それでようやく目が覚め、玄関に走ろうにも、私ときたら綿入れ半纏《ばんてん》を羽織り、髪の毛はモッサモサの壮絶に冴《さ》えない格好だ。ちょっと待って！　と思いながらあわてて着替えて玄関に行くと、そこにはもうおばさんの姿はなく、ただ不在票だけが風に揺れているのだった……。

しかたないので、ちょっとしてから「いかにも今、外出先から帰ってきた感じ」でおばさんに電話し、再配達を頼む。おばさんは私の小細工などお見通しだろうが、

「お届け物でーす」とにこやかだ。

何度も来てもらうのも悪いので、

「あの～、荷物は玄関先に置いといてくださって結構ですよ」

と言っても、

「いえいえ、間違いがあっちゃいけません。この辺をまわってますから、いいんです

よ」

と、あくまでも手渡しにこだわる。

ううむ、なんと見上げた宅配人根性。私だったらとっくに、「ええい、何回チャイムを押しても、いっつも出てきやがらねえ！　こんな荷物はこうだ！」とドブに捨てているころだ。

そういえば以前は、不在の場合は隣近所の家に荷物を預かってもらうシステムだった。でもあれも、届いた荷物の中からお裾《すそ》分《わ》けもしないとならないし、「面倒くさい」とクレームがついたんだろうなあ。私はけっこう、あのシステムが好きだったのだが。

などと郷愁にふけっていたら、なんだか左肩が痛い。これってまさか四十肩……。

いやいくらなんでも早すぎるだろ、ぶるぶる。

左肩をいためて引退した貴乃花《たかのはな》に、私の体が敬意を表したのだろう、と思っておくことにする。

運に任せて操縦するな

キムタクがパイロットを演じる話題のドラマ、「GOOD LUCK!!」をじっくりと見てしまった。マッハの速度でツッコミを入れながら。ジャンボジェットも俺様には追いつけまい。

キムタクは、「辞めてやる!」と上司に宣言した翌々日には「やっぱり飛ばせてください」とあっさり頭を下げる。私の友人は、「こんなにカッとしやすい人がパイロットだなんて、大丈夫なのかしら?」とドラマの主人公の性格に疑問を呈した。

私は、機内アナウンスで乗客に「GOOD LUCK!!」と言うのはやめてほしいと思った。運を天に任せてどうする! おまえがきちんと操縦せんかい! キムタク副操縦士をいまいちど、職業適性検査試験にかけてくれるよう航空会社上層部に請願したい。

他にも見どころがありすぎて、腹が張り裂けそう。一番のポイントは、「キムタクと不仲な父親」を演じるいかりや長介《ちょうすけ》が、なぜか釣り船屋のオヤジであることだ。

これを書いている時点で、まだ二回目までしか放映されていないのだが、ここで「GOOD LUCK!!」の最終回を大胆予想すると、たぶんキムタクの操縦するジャンボジェットがトラブルにみまわれるのだろう。

「しまった！　着陸したいのに車輪が出ないよ！」

空港上空で旋回するジャンボジェット。心配そうに見守る空港の人々。

この危機を脱する術《すべ》はないのか？　操縦席の窓から外を見ると、なんと空港近くの海上に、オヤジ（いかりや長介）の釣り船が浮かんでいるではないか。

「おおーい、キムタクー！」

釣り船の上で腕を振り回すいかりや長介。「この船の上を飛べー！　俺が車輪を出してやる！」

「オヤジ！」

意を決して、ジャンボジェットを釣り船すれすれに滑空させるキムタク。

「ふぬ！」

船上で踏んばり、飛んでるジャンボジェットの機体下から、素手で車輪を引き出す長介。

「車輪が出た……。ありがとう、オヤジ！　これで着陸できる！」

「GOOD　LUCK、息子よ！」

絶体絶命のピンチを絶妙のコンビネーションで打開し、和解する父子。拍手と歓声のうずまく空港内。おしまい。

もうこれ以外に考えられんだろう、キムタクの父が釣り船屋を経営してる理由は。絶対にこのエピソードが来る！　と私は確信する。

それにつけても、「特別出演」ってなんなのか。このドラマでは、いかりや長介と竹中直人《なおと》が、ドラマの終わりに流れるキャスト一覧で「特別出演」と銘打たれているが、二人ともどう見ても毎回登場するキャラクターを演じている。いったいなにが「特別（な）出演」なのかわからない。「特別（に高い）出演（料）」ってこと？

視聴者にとっては、まったくわけがわからない「特別出演」。それをわざわざ役者名の横に銘打つことにどんな意味があるのか、テレビ局のお偉いさんにきちんと電波に乗せて説明してもらいたいものだ。しかし説明してもらっても、またすぐ忘れちゃいそう。念のため、一年に一度ぐらいの割合で定期的に説明する場をもうけてほしい。

ついでに、「特別出演」と「友情出演」の違いについても明らかになると、すっきりするのだが。

「友情出演」とは、「ダチに免じて、出演料はロハでいいぜ」ということなのだと私は勝手に了解してきたのだが、はたしてそれで合っているのか……。説明会の実施が待ち望まれる。いったい誰との友情のために出演したのか、その点もはっきり表示してもらえると、いっそうありがたい。

最近では食品だって、産地はどこで添加物は何を使っていて、と表示にはあれこれ気を使わねばならないご時世だ。芸能界も曖昧な「友情出演」でごまかさず、内訳をきちんと書くべし！

「松方弘樹《ひろき》との友情によってタダで出演：梅宮辰夫《たつお》」とか。見てるほうもこれで、「そうか、二人の友情は見せかけじゃなく、そこまで篤《あつ》いものだったのか」と安心して楽しめるというものだ。

思い出ホロホロ
「GOOD　LUCK!!」は、二〇〇三年一月から三月までTBS系列で放映された。

大変無念なことに、かなり確信をもっていた私の最終回予測は、見事にはずれた。機体トラブルで車輪が出ず、そのうえ乱気流にも巻きこまれて負傷したキムタクが、乗り合わせていた柴咲《しばさき》コウに機内アナウンスで「愛してる！」と告白。柴咲コウが操縦室に駆けこんで、キムタクにかわって操縦桿《かん》を支えながら、「アタシも！」と叫ぶ。そのやりとりは当然、地上の管制塔に筒抜け。極限状態で花開いた愛にみな涙。傷の痛みに耐えながら、キムタクが着陸に向けて最後の力を振り絞り、その飛行機を釣り船で待ち受けるいかりや長介……。

と、流れはすべて脳内でできあがっていたのに――！

さすがはキムタク。「抱かれたい男」ナンバー・ワン。いついかなるときも私の予想や好みとは百八十度違った方向へ飛び去っていく。

主役は一人でもいいだろう

寒いよ、この電車！　人もまばらな車内に乗りこんだとたん、私は震え上がった。経費削減なのか、暖房がまったくついていない。冷蔵庫みたいに空気がひんやりしている。電車が走り出すと、すきま風がぴゅーぴゅーと足もとに吹きつけるのに、座席のヒーターも沈黙したままだ。

座席に並んで腰かけたカップルは、遭難者みたいにぴったりと互いの身を寄せ、一着のコートを仲良くかぶって、「寒いよ、寒いよ」とつぶやいていた。私は少しでも暖をとるために、その二人の隣に座ることにした。


カップルは震えながらも、おしゃべりを続ける。女の子が言った。

「首にさあ、ホクロのある女の人って、美人なんだってさ。ほら私、二つもある」

「はぁ？」

と男は聞こえなかったふりをし、私は窓の外を眺めるふりをして女の子の顔を確認する。

「だからぁ、私、首に二つホクロがあるでしょ？　最初は一個だったんだよ。中学生のときにもう一個できたの」

「なに言ってんだよ。にんにくみたいな形の鼻のくせに。スーパーで九十八円で売ってるにんにくとそっくりだぞ、おまえの鼻」

なんかものすごいたとえが出てきたな、と思っていると、男が「イテッ」と小さく叫んだ。コートの下で彼女につねられたようだ。よしよし、その調子でイチャイチャと放熱してくれ。こっちは寒くてたまらないんだから。

女の子は、「そんなことないもん」とかわいらしくすねてみせた。

「私の鼻の穴は、ちょうちょみたいな形なんだから」

「マジかよ？」

男は背中を丸めて、下から女の子の鼻の穴をのぞきこむ。女の子は顔を心持ち上向けながら、

「ね？」

と言う。元の姿勢に戻った男は、車両中に響き渡るような声で断定した。

「ハナクソがいっぱい」

なんなんだよ、このカップル！

男は今度こそ女の子に平手で背中をぶたれ、「イテーって、イテーよ！」とか言いながらコートの下でじゃれあった。

「それにしてもさみぃよなあ、この電車」

先生断言できるんだが、いまこの車両が凍りついてるのは、八割方は君たちのせいだぞ。なぜか金○先生の口調で、胸の内でツッコミを入れてしまう。車掌さんに直訴しようかとも思ったが（「このカップルをつまみだしてください」ではなく、「石油ストーブ持ってきてください」だ）、ここが修行のしどころだと我慢する。最近つくづく思うのだが、生きていれば人は必ず老いるように、生きていれば人は必ずラブラブのカップルを目撃せねばならないのだ。もうこれは、生きるという行為に付随する必然と言えよう。黙って老いを耐えねばならないように、ラブバカップルの発する微妙なぬるま湯感（「暖流と寒流がぶつかって、いい潮目になってますねえ」という感じ）をも、耐えねばならないのだ。それが「生きる」ということだ。

なんだか私も人間がまるくなったものよ。「私の鼻の穴、ちょうちょみたいなんだよ」「ばあか、このに・ん・に・く」なんてイチャついた（?）会話を人前で交わしたことなど一度もないうちに、ここまで達観できるとは、自分を褒めてあげたい（©

有森裕子）。

しかしこんなことが達観できたとしても、なんの役にも立たないけどネ、と思いつつ、電車を降りる。今日は友人Hの結婚式なのだ。

就業中に熱き漫画論（ものすごく長い）を私宛《あ》てに書きつづり、送信しようとして四回もメーラーをダウンさせた女、H。私たちが真っ昼間からやりとりしている、業務とは全然関係ないメールを会社の上層部の人に見られたら、Hはクビになるんじゃないかと私は気が気でない。しかしこの熱きメールのやりとりが、きっと少女漫画の発展に役立つと私たちは勝手に確信しているのだ。明日の漫画界のためにも、会社のメールを私用で使う（そしてダウンさせる）ことを大目にみてもらいたいと願う。

「だからなんで、君たちの文通が漫画界の発展につながるわけ。うちは漫画とはまったく関係ない会社だし、あんたはただの漫画オタクでしょ」と会社のお偉いさんに言われたら、もうグゥの音《ね》ぐらいしか出ないんですけれど。グゥ。

おいしいと評判の某高級レストランで、式はとりおこなわれた。まあ、H！　とっても綺麗《きれい》よ！　あなたが本当は漫画オタクだなんて、参列した新郎友人の男性諸氏には絶対にバレていないわ。私は、友人ぜんちゃんとうなずきあう。

壇上では新郎が、シャンパンの栓をナイフで抜くという難度の高い技に挑戦している。ソムリエがつきっきりで、新郎に手取り足取りレクチャー。Hはピアスが取れちゃったらしく、新郎そっちのけで、それを真剣な表情で耳につけ直していた。

「ねえ、ぜんちゃん。結婚式においては、『新郎新婦の初めての共同作業です！』とか言って、ケーキ入刀の儀式があるわけだけど……」

「うん？」

「今の状況を見るに、なんだか『新郎とソムリエの初めての共同作業』っぽいよ」

彼ら（新郎とソムリエ）は肩を寄せ合って一本のナイフを握り、シャンパンの瓶を相手に格闘している。ぜんちゃんと私が見守るうちにも、ソムリエはかなり大胆に新郎の腰に腕をまわしたりする。

「ななな、なんだろ。なんかあやしいね、あのソムリエ」

ぜんちゃんも身を乗り出して子細に観察しはじめた。まわした腕で腰を引き寄せたり、新郎の手に手を添えてナイフの動かしかたを指南したりと、ソムリエは傍若無人のふるまいだ。

「H！　あなたのんきにピアスをつけてる場合じゃないわよ！　さっそく旦那《だんな》に魔の手が迫ってるわよ！」

ぜんちゃんと私は気を揉《も》んで、腕を振り回してHに注意を促す。Hはソムリエの紫のオーラには気づかぬまま、私たちに向かってニコニコする。

「ちがーう！　あんたの後ろで大変な密着度になってるんだってば」

「いいから早くピアスをつけろ！」

ようやくHがピアスをつけて新郎とソムリエに向き直ったとき、ポンッといい音を立ててシャンパンの栓が抜けた。疑惑のソムリエ退場。

「ふぃー、はらはらさせるわい」

ぜんちゃんと私は汗をぬぐう。

「そんなことではらはらしてるのはあんたたちぐらいだよ」

同じテーブルにいた友人Ｓ（ただいま妊娠八カ月）が呆《あき》れたように言った。「しをん、ウニ食べて」

私はありがたくＳの分もウニをいただき、新郎とソムリエの初の共同作業のたまものであるシャンパン（いちご入り）を飲んだ。うまうま。

新郎新婦の友人たちの楽しいスピーチや楽器演奏で宴は盛り上がり、おいしい料理とワインを（人の分まで）いただいて、結婚式は終わった（Hは各テーブルの挨拶《あいさつ》まわりが終わると、たまっていた分の料理を猛然と食べていた。さすが……。あんなにしっかりと料理を食べる花嫁を初めて見たよ）。

ちなみにHは前々から、お相手のことを「えなりか○きに似てる」と言っていた。私は、ぜんちゃんとSは、結婚式で改めて彼を見て、「うん、似てる」と請け合った。私は、「えー、そうかなあ。似てないような気がするけどなあ」と言ったのだが、「あんたはソムリエとえなり君（仮名）のラブラブぶりを見て、脳みそにフィルターがかかったのよ」と一蹴《いっしゅう》されてしまった。

そのとき突然、私の脳裏にひらめくものがあった。私が最近、ラブラブカップルに対して解脱《げだつ》の境地に至ったのは、「慣れ」のためだったのだ。なんといってもこの半年だけで結婚式が五件。もういいかげん、アツアツの二人（中にはえなり君とソムリエも含まれてるけど）にも慣れようというものだ。

観察するばかりの立場には飽きたなあ。私も結婚式をしたい。新郎役も責任をもってこなすから、一人で開いちゃ駄目かしら。

終幕　つつがなく幕は下り

老いてなお盛ん

すべてが想像の範囲内に収まり、究極の予定調和のうちに過ぎていく。明治座で観《み》たコント55号の芝居のことだ。明治座！　コント55号！　断っておくが、私が率先して観にいったわけではない。叔母のお供として無理やりかり出されたのだ。

明治座に集う人々の平均年齢は高かった。たぶん六十四歳ぐらい。そして驚いたことに、この人たちがよく笑うのだ。二郎さんが登場しただけで笑い、欽《きん》ちゃんがぬるいツッコミを入れるとまた笑う。場内を満たす爆笑の渦に包まれていると、なんだか自分が、生まれてこのかた笑みなど浮かべたことのない冷酷非道なナチス将校であるような気分になってくる。

芝居の筋も単純で、江戸の貧乏長屋に住む面々が、悪いやつらに立ち向かう、というものだ。ううむ、ホントに想像力が介入する余地のない明快さである。コント55号が主演、ヒロインは長屋の娘役のはしのえみ。そして粋《いき》でいなせなヒーロー格の江戸ッ子が柳葉敏郎《やなぎばとしろう》。配役も漬けすぎた梅干しみたいにしょっぱい。どうしたものか、とナチス将校化したまましばらく途方に暮れていたのだが、そのうちこの芝居の見どころに気がついた。柳葉敏郎の着物の裾《すそ》がやけにはだけるのだ。

改めて考えてみるまでもなく、舞台上で一番カッコイイとされる男が柳葉敏郎、というのは、なんか「かっこよさの世間的基準値」から外れていると思う。しかしコント55号を応援するよりは、「踊る大捜査線」で室井管理官役だった柳葉敏郎を目で追うほうが、まだしもマシというものだ。飢饉《ききん》のときには木の根っこでもかじったという。私は恐るべき予定調和世界から少しでも逃れようと、柳葉敏郎の脚に必死で食らいついていった（本当に食らいついたんじゃなくて、視線で）。

結論。私がヤンキーで柳葉敏郎の兄貴分だったら、彼の太ももに一度はむしゃぶりついているだろう。

いやあ、それぐらいツヤツヤプリプリしていたのですよ、太ももが。やっぱり敏郎は秋田出身だから、肌がキレイなのかしら。ヒロイン役のはしのえみなどメじゃないぐらいお色気満載で、太ももも露《あら》わに観客席へぐいぐい迫る。

私は舞台に夢中な叔母に、「柳葉敏郎の着物のはだけぶりは、どうしたことなのかしら。ふんどしが見えそう。ここに集う熟女たちへのサービス？」と囁《ささや》きかけてみた。

でも叔母は、老体にむち打って熱演する二郎さんに喝采《かっさい》を送るばかりで、敏郎の太ももに関しては「さあ」と鈍い反応しか返さなかった。

ああ、わからない。敏郎の頻繁な「裾はだけ」はサービスではなく、ただ単に着物を着慣れないがゆえの粗相なのか？　枯れきったジジババが集結するこの劇場では、だれも「お色気」など求めておらず、ただ私が勝手に（敏郎の太ももも相手に）邪念をたぎらせてるだけなのか？

明治座における「観劇のポイント」がますます理解できなくなって困惑する。あとはもう、冷酷非道なナチス将校がしょっぱい梅干しを口にした衝撃で魂を宙に飛ばしたところ、みたいな表情で座席に埋まっていた。

叔母と私は、東京都美術館で開催中の「ヴェルサイユ展」にも行った。もう今さら、むっちゃくちゃ混み合った中で、白タイツを穿《は》いたフランスの王様の肖像画を見るアホらしさを語ってもしかたあるまい。人気のある企画展で、美術館が朝の通勤列車なみに混雑するのはいつものこと。

でも、それにしても妙に年寄りが多いな、と思ったらあなた、東京都美術館は毎月第三水曜日には、六十五歳以上の人は無料で入館できるというではないか！　無料！「一般」の当日券は千三百円なのに、年輪を重ねただけでそれが無料になるってどういうこと？　ゼロを千三百倍しても、千三百にはならない。なんてずさんな料金設定なのだ。年寄りもせめて三百円ぐらいは払おうや。

人生を謳歌《おうか》し、わらわらと群れる老人パワーを目の当《ま》たりにした観劇＆鑑賞だった。敏郎の太ももも、叔母が鈍感なだけで、やっぱり熟年向けのサービスだったに違いない。

思い出ホロホロ

叔母は蛇が嫌いだ。どのくらい嫌いかというと、山菜を採りにいって蛇を目撃し、悲鳴をあげながら山の斜面を転がり落ちて、腰の骨を折るぐらい嫌いだ。たしか半年ほど、身動きとれず入院していた。

先日、祖母の家に行って叔母と会った。私たちは、鬱蒼《うっそう》とした森の中にあるお稲荷《いなり》さんにお参りに出かけた。すがすがしい山の香り。町では見かけない、清楚《せいそ》な白い花をつけた木々。叔母と私は、楽しくおしゃべりしながら参道を歩いていった。そのとき私は、沢ガニが道を横切っているのを発見した。

いけない、このままでは叔母が踏みつぶしてしまう！　沢ガニの進行方向と叔母の歩幅を瞬時に計算した私は、「あっ、おばさん……」と声をかけた。すると叔母は、ものすごい雄叫《おたけ》びをあげて、「なにっ、なにっ、どこに蛇がおるん⁉」と猛然と走って逃げはじめたのだ。歩幅が変わったため、カニは無事だった。しかしそのまま行くと、叔母は谷川へ落ちてしまう。私は慌《あわ》てて後を追い、彼女を羽交《はが》い締めにした。

「蛇なんて一言も言ってないでしょー！　カニだよ、沢ガニがいたの！」

アブに刺されて暴走した馬をなだめるようなものである。叔母はようやく落ち着き、私たちは谷川ギリギリのところでゼエゼエと荒い息を吐いた。

「ほんとにいやいやわ、この子は。人のこと驚かせて、もう！」

と叔母は言った。なるほど、この調子で山から転がり落ちたのだな、と私は深く納得し、笑いをかみ殺しながら「ごめんごめん」と謝った。

山菜採りの際に叔母が見た蛇というのも、きっと木の枝かなんかだったに違いない。

正気に返って！

ああん、もうダメ。恋の高揚感で胃が不整脈を起こしてもおかしくない勢いだわ！話題の映画『ロード・オブ・ザ・リング 二つの塔』を観て、アラゴルンの魅力に心臓を撃ち抜かれた。ネットの海をさまよい、愛《いと》しいお方の情報を必死こいて集める日々。この調子だと、社会生活への復帰はしばらく難しそう。え、仕事？　ふん、そんなものは捨ておけ。

去年、一作目の『旅の仲間』を観た直後も、なんだか私、同じ罠《わな》にはまっていたような……。「アラゴルンー、アラゴルンー」とうわごとを漏らし、とにかくだれかと彼の素晴らしさについて語り合いたくてたまらない。会う人すべてに「『ロード・オブ・ザ・リング』を観ました？」と尋ね、相手が「観てない」って言ってるのにもかまわず、「いやあ、二週間ぐらい風呂《ふろ》に入ってなさそうな感じに小汚くて、いっつも目が潤《うる》んでて、どえらい剣の遣い手なんですのよ」としゃべり散らしていた気がする。

おかげさまで今年は症状が一歩進んで、いよいよ虚構と現実の区別がつかなくなってきた。アラゴルンを演じた俳優、ヴィゴ・モーテンセン自身についても、いろいろと知りたくて辛抱たまらないのだ。彼の画像をネット上で見つけては、「えっ、そのしわしわのジャケットはどうなの⁉」「いやいや、どんな格好をしててもステキだけどさ」などと脳内で自分と対話する。私の脳みそ、そろそろ燃えかすになりそうです。め組！「脳内火消し隊め組」のみなさんは、いったいなにをしてるんだ！

もうこうなったら、百年の恋もさめるぐらいの、ヴィゴに関する強烈な暴露ネタが欲しい。実はフケ症とか、痔疾《じしつ》の気があるとか、白癬菌《はくせんきん》保持者だとか、そんなもんじゃないもっともっと幻滅するようなネタはないのか。

はかない望みを託して、ヴィゴのインタビュー記事が載ってる雑誌などを立ち読みするんだが……。ぬるい。どの記事もぬるすぎる！　これじゃあいつまでたっても、我が心の炎は消えやしない。

本人が来日してインタビューに応じてるってのに、どうしてどいつもこいつも同じことしか聞かないのだ。映画を観て息子のヘンリー君はなんて言ってますか？　とか、撮影中に歯を折ったそうですね、とか、そんなことはファンならもうとっくに知ってるっつうの！　歯を折った話を何度させたら、インタビュアーは満足するのであろうか。ヴィゴを総入れ歯にするつもりか？

せっかくなら、もうちょっと立ち入ったことを聞いてもらいたい。「あなたの垂れ流すフェロモンにあてられて、映画の中では登場人物が男女を問わずメロメロになってますけど、実生活でも男惚《おとこぼ》れされた経験はおあり？」とか。「胸毛はえてます？画面からは汚れなんだか毛なんだかよくわからなかったの。日本の（一部の）ファンのために、見せてくださらない？」とか。

こんなこと聞いたら失礼では……、なんてためらってる場合じゃないわよ、インタビュアーのみなさん。もっとアグレッシブに。ヴィゴのすべてを白日のもとに晒《さら》してやるぜ、という心意気をもって。頼むよ、ホントに！

欲求不満がたまりにたまって、しょうがないから彼の私生活を脳内で捏造《ねつぞう》しまくっている。妄想を練りに練ったらいい感じに発酵しちゃって、今にもすっぱいパンが焼き上がりそう。パンといえば、私の中のヴィゴは乾いてパサパサになったパンがお好みみたいです。って、彼のパンの好みまで勝手に想像してどうするつもりなのよ、私！パンツは穿かないか、穿いてても洗濯するのは週に一度ぐらい。って、だからそんな、私が彼の妻にならないかぎりは、真偽のほどが永遠に明らかになりそうもないことについて、あれこれ思いめぐらしてなんとする！

己れを戒めても戒めても、あとからあとから細かい設定がわきあがってきて、「捏造ヴィゴ像」を肉付けしていく。この能力を本業に活《い》かせたら、とっくに赤川次郎なみに多作な作家になれてるのに！　どうして活用のめどが立たないところでばかり、想像力の無駄遣いをしてしまうのか。自分にちょびっと愛想がつきる。

思い出ホロホロ

という原稿を書いて送ったら、「週刊新潮」の二代目担当・Uさんが言った。

「僕、取材で先週、ヴィゴ・モーテンセンの来日記者会見に行ってきましたよ」

嫉妬《しっと》と羨望《せんぼう》が煮詰まって殺意に変わりそうだった。そういうときは、私を一緒に連れていってくれなきゃダメだ！

Uさんによると、「ヴィゴは集まった記者たちを気遣って、飴《あめ》を配っていた。気さくでいい人そうだった」とのこと。そういうときは、「ヴィゴ、いま君の口の中に入ってる飴がほしいな」とお願いして、舐《な》めかけの飴をもらってこなきゃダメだ！

我らが子宮防衛軍

「この間、看護師さんが教えてくれたんやけどね」

と、病院勤務のYちゃんは言った。「女の人のおなかに脂肪がつきやすいのは、子宮を守るためなんやって。それを聞いて私は思ったんよ。『なるほど、子宮防衛軍というわけか』と」

「……それは、もしかしなくても地球防衛軍とかけてる？」

「うん」

部屋に寒い、さむーい沈黙が下りた。だがYちゃんはめげない。

「ナイスなネーミングや！　と思ったんやけど、セクハラになるかもしれんから、その場では黙っといたわ」

「うん、それは黙っておいて正解でしょう。『子宮防衛軍』って、そのセンスはセクハラに加えて、親父《おやじ》ギャグとオタク炸裂《さくれつ》の三重苦だよ」

「まあとにかく、我が子宮防衛軍は堅固な布陣で、一向に撤退するきざしを見せんのよ」

Yちゃんは自分の腹を揉《も》みながら言った。私も嘆息する。

「私の腹においても、彼らは十重《とえ》二十重《はたえ》に防御網を張り巡らせてご活躍中だわ。こんなに分厚く子宮を取り囲むなんて、いったいどんな外敵から守って下さるおつもりなのかしら？　放射能をも弾《はじ》き返しそうな勢いだわよ」

「そのわりに、辺境警備が手薄と言わざるを得ないんよ！」

Yちゃんは今度は自分の乳を揉みはじめた。「もうちょっと大局に目を配り、足りないところに兵力をまわそうという頭はないんやろか」

「あなたの子宮防衛軍は、あくまで任務に忠実に子宮のみを守ってるんだからいいじゃない。私の防衛軍ときたら、『そこは守らないでいいっちゅうねん！』ってところにまで勝手に兵を派遣するのよ！　今や、まわりは全部軍事大国で、乳だけがのどかな農耕生活、って感じになっちゃってるんだから！」

「ホントに融通がきかんなあ、子宮防衛軍は」

「だいたいさあ、防衛軍の存在自体が矛盾しているとは思わんかね。こんなに厚ぼったく脂肪に防御された腹を、人様にお目にかけるわけにはいかないじゃない。そうなると当然、子宮にも出番はないわけでさ。たとえ話をすると、美しいお姫さまにゴロツキが言い寄ってこないよう、屈強な騎士団を編成したはいいが、心根の涼やかな隣国の王子さままでもが、強面《こわもて》の騎士たちに気圧《けお》されてお姫さまに近づこうともしない。結局、お姫さまはだれとも会うことができないまま、塔の奥深くで朽ち果てていくのであった。

……こんな感じよ。私の子宮は、防衛軍のおかげでますます孤立を深めてるわ」

「武装解除の通達は出した？」

「出しても聞きやしないんだってば。おまえら全員、辺境地帯（乳）へ左遷《させん》だ！って言っても、わざと迂回《うかい》して背面や大腿部《だいたいぶ》に行くしさ。完全に軍部の独走状態だよ」

「しをんの防衛軍は、だいぶ規律が乱れとるなあ」

「はやく平和な日々を取り戻したい。もう十年ぐらい防衛軍が威張ってるから、『平和』ってどんな状態だったか忘れちゃいそうだよ」

「ま、平和だからこそ体に脂肪が蓄積されるんだけどね」

「面と向かって『脂肪が蓄積』って言わないでー」

「ほら！　やっぱり、子宮防衛軍っていい婉曲《えんきょく》表現やろ？」

Ｙちゃんは鼻高々になった。

後日、先月出産したばかりの友人Sを訪ねる機会があった。Sの子宮防衛軍は無事に任務をまっとうし、玉のような女の子が生まれたのだ。

今まで赤子にはとんと興味がなかったのだが、友人の子となれば話は別だ。「かわいいでしゅねー」と顔面を崩壊させながら、おむつ替えの様子などを拝見する。しかしSから出産時の話を聞いて、すっかり怖《お》じ気をふるってしまった。すっごく激しい生理痛か、便秘みたいに痛い、というのは百歩譲って我慢もできよう。だが、あそこを切るというのはダメだ！

「プツンって感じだったよ、ふふふ……。出産後も痛くて痛くて、ドーナッツ座布団《ざぶとん》に座っててさ……」

ぎゃー、怖いよう！　そんな目に遭うのなら、私は一生、子どもを生まなくていいッス。震えながらバクバクと羊羹《ようかん》を食べた。

我が子宮防衛軍は、今日も着々と無用の軍備拡張に励む。

思い出ホロホロ

二代目担当・UさんからのFAXより抜粋。

「わが防衛軍は、そもそも守るべき子宮もないのに、日々、独走・膨張を繰り返しています。たまに情けをかけて食料援助を多めにしてやると、たちまち軍部が独占する始末で、まるで北朝鮮状態です」

私は最近、ゴーヤ茶を飲んでいる。体脂肪を落とす効果があるらしい。しかし落ちていく体脂肪以上に食べるから、今のところあまり変化が見られない。唯一《ゆいいつ》の変化は、頻尿になったことである。

その恋を応援します

知り合いのAさんと飲んだら、Aさんは酔いがまわって、

「僕はさあ、つらいですよ」

と語りだした。

「なにがつらいんですか？」

「僕の同居人のBくんに、C子さんという彼女ができたんですよ。最初、僕たち三人は等しく友だちづきあいしてたのに、いつのまにかBくんとC子さんがとても仲良くなっちゃってるんだもんなあ」

なるほど、ありがちな話である。

「Aさんだけ蚊帳《かや》の外ですか、そりゃつらいですね」

あんまり親身になってない感じで答える。「じゃ、思い切ってBくんからC子さんを奪ってやれば？」

ところが、それまではおとなしく管《くだ》を巻いていたAさんが、突如として日本酒の入ったコップをテーブルに叩《たた》きつけるではないか。

「わかってない！　三浦さんはわかってないですよ！」

「うわわ、なんですか突然。びっくりするなあ」

「いいですか、僕が奪い返したいのは、C子さんじゃなくてBくんなんだ！」

「はい？」

けっこう私好みの話の展開だ。こちらも俄然《がぜん》、本腰を入れて聞く体勢になった。

「どういうことです？　そのへんをもそっと詳しく」

「いくらでも語りますよ。Bくんと僕が、どんなに仲むつまじく生活を共にしていたか。一緒に映画を観《み》にいったり、将棋を指したり、僕が仕事から帰ってくるのをカレーを作って待っててくれたり（以下、延々と蜜月《みつげつ》を懐古する）、彼ほど話とウマが合う素晴らしい相棒は他にいないんです」

「ええと……AさんとBくんは同居じゃなくて同棲《どうせい》してたんですか？」

「なに言ってるんです。Bくんも僕も男ですよ」

「……すみません」（それはわかってるけど、あえて確認したくもなるじゃないか。と思いつつも、相手は酔っぱらいなので素直に謝っておく）

「それが後から入ってきたC子に、あっさりとBくんを取られちゃって……。僕は悔しくてさびしいんです。行きつけの飲み屋で二人に遭遇したときにも、僕は気を使って離れた席に座ってさ。『じゃ、僕はもう一軒寄っていくから』なんて、ラブラブの二人を残してそそくさと退散しちゃったりしてさ（以下、延々と恨み言を連ねる）。やっぱりこういうとき、セックスというつながりがないぶん、友情なんて弱いもんですよ」

「AさんのBくんに対する複雑な思いは……、友情といっていいものなんでしょうかねえ？　Bくんに肉欲を覚えたことはないんですか？」

「なんてことを聞くんですか。ないですよ、そんな」

「……かさねがさね、すみません」

「でもね、『Bくん、将棋でもしない？』って仕切りの襖《ふすま》を開けるとさ、Bくんが濡《ぬ》れた髪でジャージ姿でいたりするわけですよ。そうすると僕、『あ、Bくん風呂《ふろ》上がりか』ってちょっとドキドキしちゃったりしてね」

「いや、Aさん、そろそろ自分の本心に気づこうよ！　それ絶対、友人に対して感じるドキドキから大幅にはみ出てるでしょ！」

「だはは、あくまでもプラトニックな愛ですよ」

「友情はみんなプラトニックな愛だと思いますけど、Aさんの感情にはそれとはやや違う不穏な蠢《うごめ》きがうかがえますが」

「そうかなあ、僕、どうしたらいいと思います？」

「今の状況が苦しくてたまらないのなら、友情が壊れてもいい覚悟で、思いきってBくんに告白してみたらどうですか」

「他人事だと思って、けしかけてませんか？」

「うんにゃ。非常に真面目《まじめ》に答えてますよ」

「そんなこと言いつつ、ネタにするんでしょ。もうなんでも書いちゃってくださいよ（ほう、いいんだな？　ホントに書いちゃったぞ）。とにかく僕はBくんを取り戻したくてならないんだ！」

「しかし冷静に考えれば、得がたきは一瞬の恋より永遠の友情ですよ。ここはグッとこらえて、二人の仲が壊れるのを待つのが現実的対処法というものかもしれませんね」

「わかってない！　三浦さんはわかってないですよ！」

無限ループ。朝の四時まで男↓男の片恋話。たすけて！

思い出ホロホロ

Aさんに会ったら、「僕とBくんのこと、本当に書いたらしいじゃないですかぁ」と責められた。私は、「いやいや、まあまあ」と適当にお茶を濁す。Aさんと会うのはたいがい飲み会の席で、彼はすでに酔っ払っていることが多いので、あっさりと「まあいいですけど」とごまかされてくれる。それをいいことに、「なにか関係に進展はありましたか?」と聞いてみたら、「いま緊迫してますよ!」と言うではないか。

Aさんと Bくんの愛の巣(?)は、更新時期を迎えたのだそうだ。

「僕の考えすぎだといいんだけど……、Bくんは C子さんと新生活を始めたいのか、どうも更新せずに同居を解消したいみたいなんですよね。悔しいから、僕からは部屋の更新の話題は振ってやりません。『Bくん、僕たちこのままでもいいじゃないか!』と言いたいのを、グッと我慢してるんです。Bくんはなんだか気まずげで、僕と話をしたい素振りを見せるんですが……。そんなこんなで顔を合わせづらく、近ごろあんまり部屋に帰ってませんよ。ものすごい緊張感が漂ってますね、僕たちの間に」

単なる「友人同士の同居」だったはずなのに、なんだかドロドロした情念が渦巻いているなあ。Bくんのはっきりしない態度はなんなのだろう。友だちだったら、更新手続きをするにしても、同居を解消するにしても、もっと爽《さわ》やかに切り出せるはずだ。

もしかして、Aさんにもまだ脈があるんじゃないか？

そう思ったのだが、ぬか喜びさせても気の毒なので、

「なあに、たとえ同居が解消になっても、Bくんの新居のそばに部屋を借りればいいんですよ」

と、アドバイスするに留めておいた。そのうち私は、ストーカー幇助《ほうじょ》罪に問われてしまうかもしれない。

新幹線の痴女

新幹線の座席というのは、不思議な空間だ。

どこのだれともわからぬ人と、肩が触れあいそうな至近距離で、黙りこくったまま三時間ぐらい並んで座っている。隣の人が駅弁を食べはじめると、こっちもおなかが空《す》いてきて、静岡あたりで食べようと思っていた弁当をついつい小田原通過時点で取り出しちゃったり。あいかわらず一言もしゃべらない間柄なのに、仲良く並んで一緒に弁当を食べることになる。

この、親密なようで疎遠《そえん》な距離感が私は大好きで、いつもちょっとエロティックな気分を覚えてしまう。特に、出張途中らしいサラリーマンのおじさんと隣あわせるのが、一番興奮をかき立てられる。

あらあら、そんなに大胆に書類を広げたりして、私がライバル会社の社員だったらどうするつもりなのかしら。

彼の宿泊先である大阪のビジネスホテルまで尾行して、「まあ、朝の新幹線でお隣に座っていらっしゃいませんでした？」なんて、偶然を装《よそお》って近づいていく美貌《びぼう》の企業スパイ（私のことだ）。おじさん、あなた狙《ねら》われているわよ気をつけて！

書類を眺めるのにも飽きたのか、おじさんは無防備にぐうぐう寝はじめる。私は窓の外を見るふりをして、おじさんの寝顔（たいがい鼻毛が出てる）を子細に観察する。隣に座る女が殺意を秘めているとも知らず、こんなに心地よさそうに人前で睡眠をむさぼって。ほくそ笑みながら、眠るおじさんの首をネクタイでそっと絞め上げていく美貌の殺人鬼（私のことだ）。おじさん、あなた狙われているわよ気をつけて！

「ふが」とおじさんが目を覚ました。不穏な気配に勘づかれたのかと焦《あせ》ったのだが、どうやら携帯電話にメールが着信したらしい。熱心に返信を打ちはじめた。もちろん、さりげなく覗《のぞ》きこむ。

「ずっと寝てたよ。気がついたら名古屋を過ぎていた。戻りは明日の夕方です」

興奮が沸点に達して、鼻の穴がふくらんだ。おじさんおじさん、それ、だれへのメール？　奥さんに送る文面にしては、ちょっとかっこつけてるよね？　もしかして社内不倫？

美貌の敏腕女探偵は、おじさんがトイレに立った隙《すき》にすかさず、座席ポケットに入れられたままの携帯電話のメール送信先を盗み見るのであった。浮気の尻尾《しっぽ》をつかまえたり！　さあ、デッキから奥さんに至急電話をしなければ。「明日の夕方、ホシと密会する可能性高し。帰宅後の言動に注意せよ」

と、こんな調子で、サラリーマンのおじさんたちぐらい、新幹線車中において次から次へと妄想のネタを提供してくれる人もいない。彼らの座席でのくつろぎぶりは、車内に住んでいるのかと思うほど堂に入ったもので、妄想の糸口となるものを、警戒心ゼロで惜しまずに見せてくれる。

それで先日も、「今日はどんなおじさんの私生活を垣間《かいま》見ることができるのかしら」とウキウキしながら新幹線に乗ったのに、なんの神の悪戯《いたずら》か知らんが、隣の席は新婚カップルだった。ガッカリだ。

なんだいなんだい、お熱いところをこれから数時間見せつけられるのか。フテ寝してやる。

どうも彼らは、神戸に新居を探しに行くらしい。不動産屋から取り寄せた大量の間取りFAXを手に、「ここでもない、そこでもない」と検討している。

「じゃ、決を採るぞ。ここは？」

「だめ、管理費が高い」

「こっちは？」

「駅から遠いのに駐車場代が高い」

二人は真剣に、「下見に行ってもいい部屋」と「論外の部屋」を選り分けていくのだが……選り分けたはずのFAX用紙を全部一カ所に重ねるのだよ、なぜだか。だからいつまでたっても、検討対象のFAX用紙が減らないの。神戸までの車中ずっと、繰り返しえんえんと決を採り続けてんの。

もうヤキモキしてきちゃって、寝ていられない。私の前にあるテーブルを使ってくれてもいい。頼むからちゃんと、「いい部屋」と「悪い部屋」に紙の束を分けていってくれ。

神戸の住宅事情に妙に詳しくなって、新幹線を降りた。

その時奇跡が起こった

すごくルンルンな気分で家族に「井上ひさしぶり〜」というギャグ（なのか？）を披露したら、すごくヒンヤリした空気が流れちまいました。やっぱり毎日会ってる相手に言ってもな（そういう問題？）。家族としか顔を合わせない日々なんだからしょうがない、と自分を励まし、このステキな言い回しを教えてくれた知人を恨むのはやめておきました。

そんなやるせない春の一日、夜更《よふ》けまでパソコンに向かっていると、プルプルと電話が入った。こんな時間に何事が出来《しゅったい》せしや、と急いで出たら、友人だった。

「あたしもう駄目だよー！」

と、友人は開口一番、悲痛な叫びをあげた。

「どうしたの！　強盗でも入って籠城《ろうじょう》された？」

「違う。明日、朝の七時には引っ越し屋が来るってのに、荷造りが全然終わらないの〜」

彼女はこれまで、三部屋はあるマンションで一人暮らししていたはず……。私はおそるおそる尋ねた。

「引っ越し先の間取りは？」

「ワンルームだよ。東京は家賃が高いもん」

「もちろん、引っ越しの準備は前からしていたんだろうね？」

「してないよ！　そんな時間なくて、今日からはじめたんだよ！」

私は時計にちらりと目をやった。あ、もう日付が変わる。三部屋あったものが一部屋に減るのに、残り時間は七時間。こりゃ無理だろ。間に合うわけないだろ。

「いま、どういう段階？」

「いるものといらないものに分けてる」

「それはすっとばして、とにかくなんでも箱に詰めなよ。私も手伝いに行きたいけれど、もう交通手段がないしね。あったとしても、そっちに着くまでに三時間以上かかるしね。じゃ、健闘を祈る！」

無情に回線を遮断する。許せ、友よ。冷血漢と罵《ののし》ってくれていい。心を鬼にして仕事を続けていたら、深夜二時に再び電話が。

「た・す・け・て〜」

こわいよ！　地獄から電話がかかってきちゃったよ！

「はいはい、もしもし。傷は浅いぞ。気をしっかり持って進捗《しんちょく》状況を述べてみよ」

「がむしゃらに一箱詰め終わったんですが、重くて……動かせません！　いくら力自慢の引っ越し屋の兄《あん》ちゃんといえど、こんなもの運んでくれるでしょうか」

「いざとなったら応援を呼ぶだろうから大丈夫だ。それより、二時間かけて一箱しか詰められていないほうが問題だよ、きみ」

「だってね、六年間住んでるうちにこの部屋、わけのわかんないものであふれちゃってたの。私も愕然《がくぜん》としたんだけど、まず、拾ってきた貝殻がわんさかあるでしょ。それから、模様替えしようと思って一回も果たせぬまましまいこまれた予備のカーテンが五枚。コップだけで二十個。買い置きのトイレットペーパーが五パック。自分で描いた大判の日本画が二枚。カクテルシェイカー二個（酒に弱いくせに）。賞味期限が96年のハーブ類大量。もう、なにをどうしてよいやら」

「トイレットペーパーは近所にお裾《すそ》分けして、あとは全部捨てろー！　だいたい一人暮らしなのにコップ二十個って、どんな盛大な宴を開くつもりでいたのさ」

「捨てるなんてもったいない！　ハーブはこの間も使ったんだけど、まだ食べられたよ。全部茶色くなってたけど」

「断言するが、それは香草《ハーブ》じゃなくてただの枯れ草だ。いいから捨てたまえ！」

再び回線を遮断。ふぃー。奇跡でも起こらないかぎり、彼女の引っ越しは絶対に完了しない。ようし、賭《か》けるぞ。朝の九時に電話してみて、引っ越しがはじまっていたら、私は即座に起き出して自分の仕事に取りかかってやろうじゃないか。

独り決めして、朝五時に就寝。心地よいまどろみに引きこまれたところで、三《み》たびかかってきた電話に起こされる。

「ただいま七時三分。最後の箱にガムテープを貼《は》り終わりまし……た……。あ、引っ越し屋が来たみたい。わーい、ギリギリで間に合ったよぅ！」

くそ、負けた。友人が徹夜なのは自業自得《じごうじとく》だが、私の睡眠時間も二時間ぽっきりかい！

思い出ホロホロ
友人はしばらく、新居に山積みになった段ボールの間で生活していたらしい。
荷ほどきが完了したころ、その部屋に友人の幼なじみが転がりこんできた。六畳程度のワンルームで同居生活。想像するだに息が詰まりそうだが、引っ越し状況から明らかなように、友人は究極のマイペース人間なので、「べつに、全然大変じゃないよ」とのんびりと言う。

「生活の時間帯が違うから、どっちかが起きてるときはどっちかが寝てるし」

それでも、部屋に自分以外の気配があると気になるときもあると思うのだが……。勝手に部屋に住みついた幼なじみとは、いったいどんな人なのだろうか。友人に聞いてみると、

「そうだねえ、変わった子だよ」

とのこと。「中学高校と、彼女のお弁当は毎日、わざわざ家から持参したあんまん五個だったらしい」

毎日あんまん！　しかも五個（それは食べ過ぎだろう）！

なるほど、マイペース同士でうまく暮らしているんだな。類は友を呼ぶ、と深く納得した。

この恋はなにに似てる？

「どうも腰が痛いんだよね」

ぼやきながら朝ご飯を食べていたら、レンジでチンしたちまきをお手玉のように投げ上げながら、母が通りかかった。母は、

「腰が痛い？　どれ」

と、私のトレーナーをベロンとめくりあげると、制止する暇《いとま》もあらばこそ、ラップに包まれたアツアツのちまきを私の腰にジュッと押しつけた。

「ギャッ」

私がカチカチ山のタヌキのように、悲鳴とともに椅子《いす》から飛び上がったのは言うまでもない。飛び上がった拍子に腰にギクッと衝撃が走り、ちまきを押しつけられた皮膚がヒリヒリした。

「ななな、なにをするんじゃー！」

テーブルにつっぷしてうめく。母は、「あら、熱かった？」と平然と言った。熱いに決まってるだろうが。あんたの分厚い掌《てのひら》の皮ですら、まともに受け止められないほどの熱を宿していたちまきだよ。それを、熱への耐性がない腰の皮膚にいきなり押し当てられたんだよ。対拷問《ごうもん》訓練を受けた凄腕《すごうで》のスパイだって、今のちまき攻撃を食らったら「ギャッ」と叫んだであろう。

「腰痛《ようつう》にはお灸《きゅう》がきくかなあと思って」

「ちまきサイズのお灸なんて、ふつうしないでしょうが！」

『ああ、鬼っ母！』。女性週刊誌の吊《つ》りビラが脳裏をよぎる。涙目になっている私を放って、母は慎重にラップをはがし、箸《はし》でちまきをほぐしはじめた。活火山のごとく湯気を立ちのぼらせるちまき。こんな、溶岩みたいなものを私の柔肌《やわはだ》に……。

いや、私にもわかる。「これをこうしたらこうなるだろうな」と悪い結果がわかっていても、どうにも試してみたくなることがあるのはわかる。たとえば、血が噴き出すのがわかっているのに、カサブタをむいてしまうとか。転ぶのがわかっているのに、下り坂で自転車のハンドルから両手を放してしまうとか。

しかし、そういう悪戯心《いたずらごころ》を実践して許されるのは、悪い結果があくまで本人にのみ跳ね返ってくる場合に限られるのであって、他人のカサブタを勝手にむいたり、ハンドルから両手を放したまま登校中の小学生の列につっこんだりされては困るのだ。

と、説教しても一人（自由律俳句風）。母はもう悪行三昧《ざんまい》を忘れたかのように、ホフホフとちまきを頬ばりながら、朝のワイドショーを見ている。謝罪はなし。反省しないから進歩もなし。何十年も台所仕事をしているのに、ちまきが灼熱《しゃくねつ》の凶器になるまでレンジでチン。ついでに、炊《た》くご飯の量はいつでも多め。余った冷や飯はやっぱり灼熱の凶器になるまでレンジでチン。頼むから、そろそろ加減というものを体得してほしい。

などと言っているうちに、残りのページも少なくなってきた。そんな……これから切ない恋の話をしようと思っていたのに！　もう何年も片想《かたおも》いしてる相手に、どさくさに紛れて「ラブです」と何回目かわからない告白をしたら、あっさり無視されてこれまた何回目かわからない失恋をした話、とか。

やはり、「ラブです」なんてアンポンタンじゃない決めぜりふで、どさくさに紛れずビシッと思いの丈《たけ》をぶつけてやるべきなのかしら。真剣になればなるほど、十代男子のように照れて三枚目になってしまう己れの性格が憎い。

もう諦《あきら》めればいいものを、未練がましくいつまでも冷蔵庫の中に冷や飯を取っておく。そうか、私のこの恋は冷や飯みたいなもんなのか。何回もチンしては手をつけてもらえないまま、また冷蔵庫にしまうおかげで、ひからびてガジガジの米粒になってる感のある冷や飯（恋心）だが、廃棄処分になるまで頑張るぜ。また諦めずに「ラブです」って言うぜ！　相手の都合はおかまいなしで。

「もういいって！　庭に来る鳥にでもやってくれ！」と訴えても訴えても懲《こ》りずに食卓に出現するのが、冷や飯というものなのだ。

いっつも毛の話ばかりだったような気がしていたので、ようやくしめやかな（？）話題を提出できて肩の荷が下りた。しかし件《くだん》の片想いの相手には、胸毛がありそうなんだよな……。

思い出ホロホロ

彼に胸毛があるかどうか、未《いま》だに確認できていない。このまま一生、清らかな関係で終わるのかしら私たち……！

いや絶対に終わるだろう。実際のところ、終わるもなにもない、まだ始まってもいないばかりか、始めるつもりも相手には毛頭なさそうなのだから。

あまりにも見込みがないもので、たまに会うとき以外は、自分がその相手を好きであることすら忘れてしまっている。立ち枯れる恋心。放置自転車のような恋心。痴呆《ちほう》老人のような恋心。なんなんだ。世間一般で言う「恋」とは、なんだか大幅に違ってるような？

ある愛の形（桃白白の場合）

ある日の夕方、私は友人I子さんとあんちゃんと一緒に、西荻窪《にしおぎくぼ》の甘味屋で夕飯前にかき氷やあんみつをバカスカ食べていた。久しぶりに顔を合わせたものだから、食べながら互いの近況についてとめどなくしゃべる。

I子さんは最近、ごく内輪の人だけを招いて結婚式を挙げた。その結婚式に、はるばる中国からかけつけたというI子さんの友だち夫妻についての話題に、あんちゃんと私は激しく興味を持った。

I子さんの友だち（仮にFさんとしておこう）は学生時代に中国に留学し、そこで中国人男性と恋に落ちて電撃結婚した。なにしろ言葉もあまり通じないうちからお互いに惚《ほ》れこんだらしく、数回目のデートで初めて手をつないで北京《ペキン》の町を歩いているときにもう、「私たちは結婚しなければなりません」とプロポーズされたというのだからすごい。

Fさんはさすがに、「中国には、男女が手をつなぐ仲になったらすぐ結婚せねばならない、という決まりでもあるのか？」とたじろいだらしいが、もちろんそんなことはない。プロポーズの言葉が義務形だったのは、彼の意気込みの表れだったのである。愛の力でFさんの中国語会話はめきめき上達し、今では女の子も生まれて中国で幸せに暮らしているそうだ。

I子さんは中国で行われたFさんの結婚式に参列していたので、Fさんに自分の結婚式にもぜひ来てほしいと考えた。そこで、式の日取りが決まったのが急だったのだが、駄目もとで連絡してみた。そうしたら、Fさんは旦那《だんな》と子どもを連れて、海を越えてすぐに駆けつけてきてくれた、というわけだ。

「それが、あんまり急だったもんだから、飛行機のチケットだか渡航のための書類だかが入手できなかったんだって」

と、I子さんは言った。あんちゃんと私は驚いた。

「え？　それなのにどうして日本に来ることができたんですか？」

「Fの旦那《だんな》が、空港でさらさらっと水墨画を描いて係員に渡したんだって。そうしたら、『ああ、いいよいいよ。日本でもどこにでも行きなさい』って通してくれたらしい」

実はFさんの夫は、中国ではかなり有名な若手水墨画家なのだ。日本でも本を出したりしているので、水墨画に詳しい人は必ず名前を知っている、というほどの有名人だ。これからの話の雲行き次第で差し障《さわ》りがあるといけないので、彼の名を『ドラゴンボール』（鳥山明・集英社）の登場人物から取って、仮に桃白白（タオ・パイパイ）とする。この仮名もどうかと思うが、まああくまで仮名なのであまり気になさらずに読み進んでいただきたい。

「タオ・パイパイの威光は、空港係員にもてきめんに効くぐらいすごいんだって。まあ、中国はそのあたりいい加減だからできたことかもしれないけれど」

とＩ子さん。

「泊まった旅籠《はたご》で絵を描いて宿代がわりにしたという、宮本武蔵《むさし》みたいじゃないですか！　かっこいいですね、タオ・パイパイ」

「今の日本じゃ、画家が絵を描いて飛行機のチケットを融通してもらうなんて、考えられませんよ。中国ではちゃんと、芸術家が敬われているんですねえ」

と感心する私たち。Ｉ子さんは、「タオ・パイパイが描く絵、私にはフツーの地味な水墨画に見えるんだけども」と首をかしげた。

「タオ・パイパイは気さくな青年で、会うたびに私にもホイホイと絵を描いてくれるんだよ。水墨画を飾る場所なんて部屋にないから、そのへんに転がしてあるんだけどさ」

「もったいない！　大事に取っておけば、そのうちものすごいお宝になるかもしれないのに！」

私たちはとうに甘味を食べ終わっていたが、おかわりしたお茶を飲みながら店に居座り続ける。

「絵筆に物を言わせて強引に日本に来たタオ一家と、私は自分の結婚式で久しぶりに対面したわけ。Fとタオ・パイパイの間にできた娘とは、その席で初めて会ったんだけど、その子の命名について一悶着《ひともんちゃく》あったらしいんだ」

「その子はなんていう名前なんですか？」

「暁の音と書いて、シャオイン」

「あら、綺麗《きれい》で素敵な名前じゃないですか」

「うんにゃ」

とI子さんは首を振った。「この名前に決まるまでに、夫婦の間で攻防があったのよ。なんでもタオ・パイパイは、Fの妊娠中に空を飛ぶ熊《くま》の夢を見たんだって」

「はぁ……さすがに画家的というか、大陸的というか、なんとも壮大ですね。あんまり見ないよな、そんな夢」

「目が覚めたタオ・パイパイは、『これは縁起のいい夢だ！』と喜んで、子どもの名前を『飛熊《フェイシオン》』にするって言い張ったらしい。『とびくま』だよ？　しかも生まれたのは女の子だったのに」

あんちゃんと私は顔を見合わせた。

「『とびくま』ですか……」

「それは中国では一般的な名前なんでしょうか」

「ううん、すごく変らしい」

「あ、やっぱり」

それでFさんはタオ・パイパイと戦い、なんとか彼を納得させて、子どもの名前を「暁音」にしたのだそうだ。

「なかなか個性的で楽しい人みたいですね、タオ・パイパイは」

と私は言った。

「楽しいよ。彼らの結婚式に出たときも、すごかったんだぁ。中国の結婚式ってものすごく派手なの。私たちが、『あちらの結婚式はさぞかし派手なんだろうな〜』って想像するのの百倍は派手なの。親類縁者や画壇の関係者がホテルの大広間に三百人ぐらい集ってさ。ものすごい勢いで飲み食いするんだよ。私と同じテーブルだったおじいさんなんて、エビばっかりばくばく食べてた。取り皿にエビの殻が富士山みたいに盛り重なってたもん。回転する中華料理の円卓だったんだけど、エビの皿が遠くに行くと、他の人のことはおかまいなしでぐいぐい回して自分の手元に引き寄せるし。私たちの感覚だと、『エビは一人あたり三匹、シュウマイは四個だな』と計算して遠慮するでしょ？　そういうの、いっさいない。自分が食べたいもんを食べたいだけ取る。豆の殻や果物の皮はペッペッと床に吐き捨てる」

「ええー！　ホテルの床に？」

「吐き捨てに備えて、絨毯《じゅうたん》などは敷かれていないから大丈夫」

そういう問題なんだろうか。

「スピーチはどの人も長くて、しかも口調も身振り手振りも大仰。なにを話してるかはまったくわからなかったけど、党大会で演説してるつもりか？　という勢いで熱弁を振るってた。そしてケーキ・カットがねえ……。タオ・パイパイの友人が、すごく誇らしげにケーキを捧《ささ》げもってきて、『ナンタラカンタラナンタラー』って口上を述べたかと思ったら、サクッとナイフを入れちゃったの」

「『新郎新婦の初の共同作業』のはずなのに？　新郎の友人がケーキ・カットするん

ですか？」

「そうなのよ！　私もFもFの両親もあれには呆気《あっけ》にとられたね。でも中国ではそれでいいらしい。ケーキは全員に行き渡るほどはなくて、新郎新婦の近くの席に座っていた人たちだけで、またたくまにたいらげてた」

ずいぶんしきたりが違うものだ。ぜひ中国の結婚式に招かれてみたい。あんちゃんと私は、I子さんがうらやましくてならなかった。

「一番すごかったのが、二次会に現れたタオ・パイパイの格好で、ワイシャツとズボンの間から、パンツの上半分ぐらいが顔を出してんの！」

「ブッ」

私たちは飲んでいた茶を吹きこぼした。同時に、店の奥で話を聞いていたらしい店員さんが吹き出す声も聞こえた。

「もうみんな、タオ・パイパイのパンツに目が釘付《くぎづ》け。釘付けになりながら、『あの着こなしはどういうことなんだろう』って、必死に考えた。パンツの色は青。あの光景は忘れられないね。微妙な空気が流れたのち、タオ・パイパイの友人たちが彼を取り囲んで口々に、『おいおまえ、パンツ見えてるぞ、いいのか！』と言い出した。言葉がわからなくても、その状況じゃあ、なにを言ってるのか誰だって見当がつくよね。

どうなることかと、私が固唾《かたず》を飲んで見守っていたら、タオ・パイパイは自分の腹を見下ろして一言。『間違えた』」

「ぎゃははは」

「サイコーだよ、タオ・パイパイ！」

私たちはテーブルにつっぷしてヒーヒー笑った。

「『間違えた』って、なにを間違ったんだよ～」

「いっつもシャツはパンツの中に入れてたに違いないのに、妙な見栄《みえ》の張り方だよねえ」

そんなこんなで波乱ぶくみの幕開けだったFさんとタオ・パイパイの新生活だが、Fさんいわく、「ここまで感覚が違うと、かえって諦《あきら》めがついてお互いに寛容になれる」のだそうだ。

「ところがね」

と、I子さんは声をひそめた。「私の結婚式でFが深刻そうに話してくれたんだけど、タオ・パイパイにはどうも秘密があるらしい」

「なんだろう。もうなにが出てきても驚きませんよ」

私たちは神妙な顔を作り、気合いを入れ直して「タオ・パイパイの秘密」の暴露に備えた。

「タオ・パイパイは、最近パソコンを購入したの。Fもメールを使えれば日本の家族や友人とも連絡が取りやすいから、タオ・パイパイが家にいないときにふと思い立って、そのパソコンの電源を入れてみたんだって。そうしたら、デスクトップに『秘密箱』っていうフォルダがあった」

「『秘密箱』とはまた……正直すぎるフォルダ名だなあ」

「そりゃ、中を見たくなるのが人情ってもんですよね」

私たちの言葉に、I子さんは我が意を得たりとばかりにうなずいてみせた。

「そうだよね。もちろん、Fはそのフォルダを開いてみたの。そしたら『秘密箱』の中には……裸の少年たちの画像が！」

「ぶわっははは」

もうだめだ、腹筋がちぎれる。あんちゃんと私は甘味屋の店内で悶絶《もんぜつ》した。

「期待を裏切らない人だなあ」

「フォルダを隠しもせずにデスクトップに！　うかつすぎるよ〜」

「なんておいしいキャラなんだ、タオ・パイパイは！」

「私たちを笑い死にさせるつもりかー！」

店員さんが、笑いをかみ殺しながら三杯目のお茶のおかわりを持ってきてくれた。私たちはそれを飲んでようやく一息つく。

「それで、Fさんはどうしたんですか？」

「どうもしてないんだって。『これ以上、タオ・パイパイの実像が暴《あば》かれるのが怖いから、なにも聞けない』って。彼女は苦悩しながら言うんだけど、私はもうおかしくておかしくて」

タオ・パイパイが日本で出してる水墨画の本を、さっそく書店で注文してみようじゃないか。水墨画とは、山や寺を題材に絵を描くものとばかり思っていたが、もしかしたら少年も画題になるのかもしれない。少年の裸体画像は、水墨画の新しい地平線を切り拓《ひら》くための、タオ・パイパイの大切な資料なのだろう。絶対に違うような気がすごくするが、「秘密箱」についてはあえて善意にそう解釈しておきたい。

憎めない男タオ・パイパイ、中国水墨画界期待の若手タオ・パイパイのために！

あとがき　たとえるなら粒入りマスタードぐらいの刺激

我が家の近所を走る路線バスの運転手さんが、道路ですれ違いざまに同会社のバスの運転手さんと挨拶《あいさつ》を交わすのをやめてしまった。運転席の窓ガラスごしに、手を振ったり、なにやらお互いにだけ通じるサインを出したりする、あれだ。

対向車線が渋滞中のときなどは、何台ものバスと連続してすれ違う。そういうとき、運転手さんは面倒くさそうに片手を挙げっぱなしにしている。しかし、親しい仲間の姿を発見すると、途端に小春日和《びより》のようなニコニコ顔になって大きく手を振ってみせる。すれ違う一瞬に、「今夜いっぱいやらないか?」「二人で?」「おう」「オッケー。後でな」と、身振り手振りで約束を取りつける、という荒技をやってのけた運転手さんもいた。ときには大胆にも道路の真ん中でバスを停め、窓を開けて互いの勤務シフト表の問題点について話しこむ。時刻表どおりの運行?　そんなもんは丸めて燃やして灰をカスピ海に撒《ま》いとけ。そう言わんばかりの、運転手さん同士の篤《あつ》き友情を眺めどうやら運転手さんたちは、事故防止のために挨拶を自粛することにしたらしい。なるほど、それも納得できる。しかし、道で親しい友人と行き会ったら、運転中といえども挨拶したくなるのが人情ではないだろうか。私はバスに乗るときには今まで以上の注意を払って、運転手さんの動向を観察するようになった。

すると、やっぱり！　どの運転手さんも、特に親しいらしい同僚とすれ違ったときだけは、喜びを隠しきれない様子で小刻みに手を振ってみせるのだ！

最前列の座席に陣取った私はそれを見て、とても満たされた気持ちになる。半ば慣例として全員と挨拶を交わしていたときよりも、もっと濃厚に浮かびあがってくる人間関係を覗《のぞ》き見できたような気がするからだ。慣例だったころの挨拶が、必ず当たる雑誌の全員応募プレゼントのようなものだとしたら、自粛しなきゃならないのにどうしても振ってしまった手は、一組二名様にだけ当たる豪華温泉旅館宿泊券のようなものだ。家の郵便受けに品物が届いているのを発見したときの嬉《うれ》しさは、後者のほうが断然大きい。

私はたぶん、日常の中に巧妙に隠されていて滅多に目撃できない、だけどありふれた感情や出来事、というのが、ものすごく好きなんだと思う。「挨拶自粛令発動後に、それでも挨拶を交わすバスの運転手さん」。そういう微妙な刺激物を、これからもせっせと拾い集めていくことだろう。

刺激物といえば、先日神宮球場にヤクルト×阪神戦を見にいったのだが、後ろの席に座っていたおじさんが大変刺激的だった。ヤクルト側の外野自由席に座っているくせに、そのおじさんはどうやら筋金入りの阪神ファンらしい。「いてこましたろか、こんボケェ！」という言い回しを、私は初めて生で聞いた。ちなみにおじさんが「いてこましたろか」と叫んだ相手は、ヤクルトの選手ではなく阪神の選手だ。屈折した愛情を感じた。

おじさんは阪神のピッチャー交代や代打の人選に関して、「あかん！　それはあかん！」といちいち文句を言う。しまいにはバッターボックスに入る際の選手の動作に対してまで、「早うビシッとバットを構えんかい！　ぶんぶん振り回しよって！　だからおどれの打球はへなちょこなんじゃ、この×××が！」とケチをつけた。

試合が引き分けに終わると、おじさんはとてもここには書けないような罵詈《ばり》雑言《ぞうごん》を吐き散らしながら、憤然と席を立った。そのままずんずんと出口のほうへ歩いていく。ふう、ものすごくこわい人だったな、と思っていたら、おじさんはなぜかまたずんずんと座席に戻ってきた。そして観戦中に自分が出したゴミをガシッと摑《つか》み、今度こそスタンドから出ていった。どうやら、興奮のあまり捨てるのを忘れたゴミを、わざわざ取りに戻ったらしい。

礼儀正しいんだかなんなんだか、判断に迷う人物だ。私は心の中の「微妙な刺激物一覧表」に、早速このおじさんのことを書きこんだのだった。

エッセイの連載および単行本化にあたって、たくさんの方にお世話になりました。どうもありがとうございました。

日常の微妙な刺激を集めたこの一冊。少しでも楽しんでいただけたなら幸いです。

二〇〇三年九月

三浦しをん

カーテンコール

非日常の穴にはまる

今日は、一日書き物をして過ごしました。

夕方にお父さんが帰ってきて、「誕生日だらう。これをやらう」と言って、「カーン様写真集」をくれました。お父さん、ありがとう！　私はうれしくて、二時間も眺めてしまひました。自分でもやや眺めすぎだらう、と思ひました。さすが、世界的なサッカー選手ともなると、美人の奥さんをもらへるのだな、と感心しました。結婚式の写真を見て、私の血圧は二百五十をやすやすと越へました。

お父さんはこの写真集を、丸善で注文してくれたさうです。どうりで舶来物のかほりがします。すべてドイツ語なので、まったく解読できません。もうちょっと待てば、これの日本語版が出版されるのではないかなあ、と思いましたが、それはお父さんには黙っておきました。それから、私の誕生日は今日ぢゃなくて約一カ月後なのですが、かわいさうなのでそれも黙っておくことにします。

「昭和初期の少女の日記帳」風に書いてみました。旧カナは全然わかりませんな。そういうわけで、私は「カーン様写真集（ドイツ語）」を入手しました。この年になって親から誕生日プレゼントをもらうとは思わなかった。あまりに久しぶりすぎて父の記憶がさびついていたらしく、大幅に日にちが間違ってるし！　それに、四捨五入するととっくに三十歳の娘に渡すプレゼントが、サッカー選手の写真集ってどうなのよ。と、ツッコミどころ満載ですが、自分的にこの一週間で一番の話題でした。

中に、カーンがバナナを持っている写真があるのだが、これはいいのだろうか……。いやいや、ちょっと気を回しすぎたようだ。こういう態度（パーティーの席で、器に盛られたバナナをカーンの視界からさりげなく隠す、など）が、彼を傷つけているのかもしれない。むしろ堂々と、休憩中のカーンに「大好物ですよね、これ」とバナナを差し入れ……血を見るかもしれぬ。

まったく今さらではあるが、写真集を眺めつくした私の感想は、「カーン様はゴリ×じゃない！　むっちゃかっこいいわ！」だったことを付け加えておく。

とにかく今週は、外に出ないし本も読まないしで、いつもに輪をかけて話題に乏しいのだが、そんな中で私が遭遇した微少な災難は、「便器はまり」である。日も落ちて暗いトイレに赴《おもむ》き、パンツを下ろして便座に座ろうとした私は、「グアアッ」と叫びましたね。男の人は小用を足すときに便座を上げるが、使用後にその便座を下げないという悪癖が我が弟にはある。電気をつけずに用を足す（ちなみにドアは閉めない）私としては、これは大変危険な罠《わな》だ。尻《しり》が大きいので、さすがにすっぽり便器に落ちることはないが、両腿《もも》の側部を強打してとっても痛い。なによりも、驚愕《きょうがく》によって尿意が一時的にどこかへ行ってしまう。

だからじゅうぶん気をつけていたのに、つい先ほど、またもや便器にはまってしまったのであった。この罠にはまると、自分の滑稽《こっけい》さと哀れさが先に立って、怒りが半減される。私は悄然《しょうぜん》と立ち上がって便座を下ろし、また腰かけてから、「弟よ……」と呼びかけた。

ドアは開いたままだから、すぐ隣の弟の部屋から「なんだよ」と応答がある。

「なんだよ、じゃないのよ。ねえちゃんはまた、便器にはまってしまいましたよ」

「ああ、イノシシが絞め殺されるみたいな今の声はそれか」

「なんで何回言ってもあんたは便座を下ろそうとしないの。この便座は百トンあるのか？　これを下ろすのがそんなに重労働なのか？　指先一つでちょいと下ろせるでしように」

「俺が不思議なのは、なんでブタさんは確認してから座んないのかってことだ。いきなりズガーンって腰を下ろすから、そういうことになるんだろ」

「まあ！ トイレに向かう人間の脳の九十八パーセントは、『用を足す』ということに占められるのよ。便座を確認する余裕なんてないわ（残りの二パーセントは、「今日の夜ご飯はなにかな〜」など）。あんたは私を『びっくり死に』させたいわけ？」

「そんなにギリギリになってからトイレに行くな。それから、ドアは閉めろ。そこを通りかかるたび、俺のほうがびっくりするんだよ。ドアを開けたままトイレに入る女が自分の姉かと思うと」

しずしずとドアを閉めました。今回は痛み分け（？）にしといてやるが、いつか絶対に報復してやる〜。便座の上がったトイレで大用を足そうとして、おまえも「びっくり死に」するがいい〜。

私もさすがに居酒屋のトイレなどではまったことはない。やはり暗いままでも支障のない、勝手知ったる家のトイレが一番危険なのだ。一つ屋根の下に女性と暮らす男性諸氏は、くれぐれも便座を下げるようお願いします。

しかし今は水洗だから、はまっても大事にはならなくていい。小さいころ、幼なじみの友人が家のトイレから「しをんちゃーん」と呼ぶので行ってみたら、彼女は便器にはまっていた。鉄棒で言うと、膝裏《ひざ》を鉄棒に引っかけてお尻を下げた感じ。あの体勢になって、「落ちるー。たすけてー」と笑っていた。便座は洋式だがぼっとんだから笑い事じゃない。でもおかしい。私も笑いながら、彼女を引っ張り上げたものだ。便器にはまったおかげで、懐《なつ》かしいことを思い出したなあ。

漱石《そうせき》が死んだ夜に、岩波茂雄がはばかりに落っこちた、と内田百閒《ひやっけん》が書いていたが、トイレ関係の失態のほろ苦さとおかしみは、なんとなく人の死に似合う気がする。哀《かな》しくて泣けてくるのだが、同時になんだか気が抜けて、「はは……は……」と笑いたい気持ちもあるような。

便器にはまるってのは、そういうことだ。

楽屋裏　文庫版あとがき

テレビを見ない生活になって、丸二年が過ぎた。

高尚な思想のもとに、身辺からテレビを排除したわけではない。見られるものなら、私だってテレビジョンを見たい！　でも、映らないのだ。谷間の町に引っ越したところ、電波が乱反射するらしく、テレビもラジオも用をなさなくなった。ケーブルテレビに加入すればいいのだろうが、手続きをするのが面倒くさい。ああ、情報孤島。

目下の最大の悩み（二〇〇六年六月一日付）は、このままでは迫り来るサッカーW杯を見られないじゃないか！　ということと、マイ〇ル・ジャ〇ソンは現在どんな姿をしているのか、ということである。なんでマイ〇ルは日本に来たの？　亡命？　煩《ぼん》悩《のう》を断つために、わざわざ少子化の進む国へ？　ネットニュースの文字をいくら眺めても、なにがなんだかさっぱりわからない。

でもまあ、なければないで一向にかまわないのが、テレビというものだ。ＣＭの話題と、はやりの音楽については、確実に疎《うと》くなるが。辛抱たまらず、一週間に一度は「ザ・ワイド」の放送時間にあわせて蕎麦《そば》屋に行き、テレビの真ん前の席に陣取っているが。

街頭テレビに群がり、力道山の試合に熱狂した人々の気持ちがよくわかる。映像って、映像ってすばらしいよ……！　あー、やっぱりケーブルテレビに加入しようかな。そんなこんなであいかわらず、ぬるーい日々を送っている。

昨夜、宅配ピザを頼んだ。「頼むのが恥ずかしい出前」ナンバー・ワンは、私にとっては宅配ピザである。「一人でピザを食うなよ、さびしいやつ」とか、「Lサイズは大きすぎだろ、だから太るんだ」とか、思われているんだろうなあと思うと、配達人からピザを受け取るときにうつむきがちになってしまう。

ピザを届けにきたのは二十歳ぐらいの男子で、アイドルみたいな顔をしていた。なんだろう、ピザ屋でバイトしながら芸能界デビューを目指してるのかな、と思いつつ、玄関先にあったゴミ袋を足でこっそり目立たない場所へ押しやる。

宅配男子（と言うと、なんだかいかがわしい）は、

「こちら大変お熱くなっておりますので、お気をつけてお持ちください」

とピザの箱を差しだした。私は思わず、「えっ」と言ってしまった。「お熱くなって

おります」だって？　ピザの箱がお熱くなってるのか。なんか変な言いまわしじゃないか。それとも、あれか。アイドルみたいだな〜、と思った私に、「お熱くなってんじゃねえぞ」と遠回しに言ってるのか。よもや、「俺もお熱くなってるぜ」というアピールじゃあるまいな。よーし、きみ、上がりたまえ。お熱いのがお好き、といこうぜ！　ぐっしっし。

不穏な気配を察して動揺したのか、宅配男子は代金（ピザのですよ！）を玄関に撒《ま》きちらした。一緒に金を拾い集めながら、「こんなオヤジくさい発想をしてしまうなんて、加齢の証《あか》しだ！　いけないわ！」と深く反省する。でも、なんでも「お」をつければいいってものではなかろうよ。

カロリーを過剰摂取したので、晩飯後に自転車で近所をひとっ走りすることにした。散歩ならぬ散輪《さんりん》だ。谷間の町なだけに、どこへ行くにも坂が多い。必死になって坂を漕《こ》ぎのぼり、家から三キロほど離れたところにある本屋さんに到着。だらだらと汗をかきながら、大量に漫画を購入する。

リュックの重みににんまりしつつ家路についたつもりだったのだが、それは家路ではなかった。道をまちがえたのだ。近所の、よく散輪してる道なのに！　暗かったので、下りるべき坂を見誤ったらしい。気づいたときには、いずこともわからぬ街道に出ていた。

それから実に二時間にわたって、私は自転車であてどなくさすらうことになった。方向音痴だとは思っていたが、まさかこれほどとは……。三キロの道のりを自転車で行く場合、私はだいたい十五分かかる（おじいさんの漕ぐママチャリにも追い抜かれるほど、トロトロしたスピードでしか自転車を操縦できない）。行きは十五分だったのに、帰りは二時間。単純計算で二十四キロも、迷子になってうろついていたわけだ。もう永遠に自宅を発見できないのではないかと思い、最後は半泣きだった。

とうとう、「うちの近くにも流れている！」という川にぶつかったとき、「やった！」と叫んだのは言うまでもない。しかし問題は、川沿いを上流に向かえばいいのか下流に向かえばいいのか、ということだ。考えたすえに、上流を目指すことにした。十分ほど走ったところで、やっぱりちがうような気がして、下流に方向転換した。五分ほど後戻りしたのだが、「いやいや、上流でいいはず」と思い直し、再度方向転換。正解は上流でした。

散輪のおかげで、最近少し、体を動かすことに楽しみを見いだすようになっていた。「今度、高尾山ぐらいは登ってみてもいいかな」などと考えていた。でも、やめておくことにする。この調子で山になど行ったら、命にかかわる。家でじっとしているのが吉だ。テレビが映らないから、家にいても中空の一点をぼんやり見ながら、本当にじっとしてるしかないのだが。

四年前に書いたこの本を読み返すと、「なんだか幸せそうだなあ」と感じる。実際に幸せだったかどうかは、もう覚えていないが、「幸せになりたい」と願ってることだけはひしひしと感じられる。え、どこが？　と思われるかもしれないけれど。

このごろでは、幸せになりたいとも思わなくなってきた。実際に幸せになったから、ではなく、ただ単に加齢によって枯れたのである。幸せになりたいとも、幸せだとも思わないまま、しかし幸せとはなんだろうと考えることだけはやめられない。町で見かけた楽しい出来事や、ちょっと変わったひとなどを、「微妙な刺激物一覧表」に書き加えつづけている。もしかして、幸せの傍観者であることが、私の幸せなのか。それってちょっと哀《かな》しすぎやしないか。

最後に、本文中に何度も登場した（ていうか、私が勝手に登場させた）男性たちの、その後について。

カーン様は、ドイツ代表チームの正ゴールキーパーの座を追われた。うをを－、なんてことだ！　今回のワールドカップに備えてケーブルテレビに加入しよう、という意欲が、我が胸のうちからますます失われていく。

シーマンは惜しまれながら（たぶん。少なくとも私は）、現役を引退した。大丈夫だ、シーマン！　いま、強面《こわもて》スカウトマンがそちらに向かっているぞ！

ヴィゴ・モーテンセンへの愛も持続中だ。我ながら執念深い。ヴィゴが映画のプロモーションで来日するときには、私はふだんよりも深く息を吸いこむように心がけている。もちろん、同じ空の下で、彼も同じ空気を吸っていると思えばこそである。アホである。それなら、ヴィゴが地球にいるかぎり、同じ空気を吸ってるという理屈になるんじゃないのか、と自分でも思う。でも、やめられないのだ。スーハー、スーハー。

……やっぱり、いまも充分幸せそうだな、私。

読んでくださったかたが、少しでも楽しい気分になりますようにと願いつつ。

どうもありがとうございました。

二〇〇六年六月

三浦しをん

この作品は二〇〇三年十月新潮社より刊行された。

新潮文庫編　文豪ナビ　夏目漱石

先生ったら、超弩級のロマンティストだったのね——現代の感性で文豪の作品に新たな光を当てる、驚きと発見に満ちた新シリーズ。

新潮文庫編　文豪ナビ　芥川龍之介

カリスマシェフは、短編料理でショーブする——現代の感性で文豪の作品に新たな光を当てる、驚きと発見に満ちた新シリーズ。

新潮文庫編　文豪ナビ　太宰　治

ナイフを持つまえに、ダザイを読め!!　現代の感性で文豪の作品に新たな光を当てた、驚きと発見が一杯の新読書ガイド。全7冊。

新潮文庫編　文豪ナビ　三島由紀夫

時代が後から追いかけた。そうか！　早すぎたんだ——現代の感性で文豪の作品に新たな光を当てる、驚きと発見に満ちた新シリーズ。

新潮文庫編　文豪ナビ　山本周五郎

乾いた心もしっとり。涙と笑いのツボ押し名人——現代の感性で文豪作品に新たな光を当てた、驚きと発見がいっぱいの読書ガイド。

新潮文庫編　文豪ナビ　谷崎潤一郎

妖しい心を呼びさます、アブナい愛の魔術師——現代の感性で文豪作品に新たな光を当てた、驚きと発見がいっぱいの読書ガイド。

新潮文庫の新刊

畠中恵著
こいごころ
若だんなを訪ねてきた妖狐の老々丸と笹丸。三人は事件に巻き込まれるが、笹丸はある秘密を抱えていて……。優しく切ない第21弾。

町田そのこ著
コンビニ兄弟4
―テンダネス門司港こがね村店―
最愛の夫と別れた女性のリスタート。ヒーローになれなかった男と、彼こそがヒーローだった男との友情。温かなコンビニ物語第四弾。

黒川博行著
熔果
五億円相当の金塊が強奪された。堀内・伊達の元刑事コンビはその行方を追う。脅す、騙す、殴る、蹴る。痛快クライム・サスペンス。

谷川俊太郎著
ベージュ
弱冠18歳で詩人は産声を上げ、以来70余年、谷川俊太郎の詩は私たちと共に在り続ける――。長い道のりを経て結実した珠玉の31篇。

紺野天龍著
堕天の誘惑
幽世《かくりよ》の薬剤師
破鬼の巫女・御巫綺翠と連れ立って歩く美貌の「猊下」。彼の正体は天使か、悪魔か。現役薬剤師が描く異世界×医療×ファンタジー。

貫井徳郎著
邯鄲の島遥かなり（下）
一橋家あっての神生島の時代は終わり、一ノ屋の血を引く信介の活躍で島は復興を始める。一五〇年を生きる一族の物語、感動の終幕。

人《じん》生《せい》激《げき》場《じょう》

新潮文庫　み－34－3

平成十八年八月一日 発行
令和六年十一月二十五日 十三刷

著者 三《み》浦《うら》しをん

発行者 佐藤隆信

発行所 株式会社 新潮社

郵便番号 一六二―八七一一
東京都新宿区矢来町七一
電話 編集部(〇三)三二六六―五四四〇
読者係(〇三)三二六六―五一一一
https://www.shinchosha.co.jp

価格はカバーに表示してあります。

乱丁・落丁本は、ご面倒ですが小社読者係宛ご送付ください。送料小社負担にてお取替えいたします。

印刷・株式会社光邦　製本・株式会社大進堂

ISBN978-4-10-116753-4 C0195